東欧の想像力
8

KNIHA O CINTORÍNE
墓地の書

サムコ・ターレ　著　Samko Tále
木村英明　訳　Hideaki Kimura

松籟社

Samko Tále: Kniha o cintoríne by Daniela Kapitáňová

Translated from the Slovak by Hideaki Kimura.

Cover illustration by Fero Lipták
Interior illustrations by Fero Jablonovský

墓地の書

これは墓地についての第一の本だ。以下がそれ。

第一の墓地の書

コマールノ[*1]には墓地がある。そこはとてもきれいだ。きれいだし広々としている。墓地のなかにはたくさんの墓がある。墓はとてもきれいで小道に沿って並んでいる。小道沿いにだけでなく、そのほかいろいろなところにも。墓には墓標やら十字架やらがある。しかも名前付きで。

＊1　スロヴァキア南西部に位置するスロヴァキア系とハンガリー系住民が混住する町。ドナウ川を挟んで対岸はハンガリーのコマーロム市。

墓地には人びとが通ってくる。午前中にやって来るひともいれば午後にやって来るひともいる。小さなスコップを手にしたひともいる。手にしているのはスコップだけでなく、そのほかいろいろ。

墓地には門がふたつある。ひとつは人びとが、もうひとつはなきがらが通る。なきがらというのは死んでしまって生きていないひとのことだ。かれらは遺体安置所に置かれる。遺体安置所というのはなきがら用に建てられた家のことで、その家の前には庭だって付いている。その庭先でよく葬式が行われる。とにかく、とてもきれいな庭なのだ。

墓地で仕事をする人たちがいる。とてもきれいな人たちで、しょっちゅうほかのひとの手助けをしている。穴を掘ったり、見ばえよく整えたりして。かれらはスーツを着ている。そのスーツときたらとてもきれいなのだ。冬の墓地はとても寒い。夏は暑い。春になると墓地は目を覚ます。

墓地ではたくさんの悲しいこと、楽しいことが体験できる。

墓地について書きたいことはこれで全部だ。

とにかく、墓地はとてもきれいだ。

作家　サムコ・ターレ
コマールノ市在住

第二の墓地の書

ぼくが作家になるのはこれでもう二回目だ。だって、すでに一度作家になったことがあるから。そのとき、ぼくは『第一の墓地の書』を書きあげている。今日またしても作家になったのは雨が降っているからで、雨が降っているとダンボールの回収をしないためだ。でも、何にもまして問題なのは荷車を修理に出していることで、それはバックミラーが折れてしまったからだけれど、修理には道具やなんかが必要だから、ぼくにはどうしようもないし、そもそも道具を持っていないのだから、やっぱりたぶんぼくにはどうしようもない。これまで一度だってバックミラーが折れたことなんてなかったのに。ぼくはもう二十八年間も荷車を所有していて、とても働き者で、働き者だからみんなから尊敬されている。

修理場はオストロウ[*1]にあり、そこには道具もあって、修理工で道具を持っているひとはボシ＝モイシ・ヤーンというのだけれど、ボシ＝モイシ・ヤーンと自分で名のるとき、ふつうに言うのではなくてボシ＝

＊1　スロヴァキア西部の村。

モイシ・ヤーンと歌ってみせる。節をつけて、ボシ＝モイシ・ヤーンと歌うのだ。それはともかく、とても働き者だし、みんながかれを尊敬している。だって、かれにはてんかんを病んでいる息子がいるからだ。てんかんは介護が必要な病気だから、ボシ＝モイシ・ヤーンが介護をしなければならない。

　息子の名前は、ボシ＝モイシ・ヤーン・ジュニアという。

　かれらのことはノートに記してある。だって、ぼくはノートを三冊持っているから。一冊目が「名前」、二冊目が「名字」、三冊目が「死んだひと」というタイトルを持つ。知っているひとであれば誰のことでもそこに書き込んでいる。だって、もし誰のことを知っているのか書いておかなかったら、誰が知り合いだったか、後々どうやって分かるというのだろう。そうだろう？

　そうだとも。

　ボシ＝モイシ・ヤーンとボシ＝モイシ・ヤーン・ジュニアは「名字」のノートでは、BとMの両方にある。だって、人間はいったい何がなにしてどうなるものやら、まるきり分かったものじゃないのだから。

　それ以外の名字も掲載中。

「名前」のノートにはたくさんの名前がのっている。いちばん多いのはペテル(Peter)だ。三十一人いるけれど、ペトル(Petr)もひとりいる。でもぼくはペテルのところにかれを書き込んだ。だって、かれはチェコ人ではなくてハンガリー人だし、[*1]生まれたときに書類に記入したひとが二文字目のeを入れなかったのだけれど、当時はまだチェコスロヴァキアだったからペトルと書いてもかまわなかった。でもいまはそうはいかないし、そのことが問題にされるかもしれない。だって、スロヴァキア語ではペテルなのだから。だったら、訂正する必要があるということだ。

だって、それは決まりごとなのだから。

雨が降っているときは作家になるのがいちばんだ。だって、雨だとダンボールの回収はしないから。回収所のとんちきなクルカンがダンボールが濡れていると引き取ってくれないからだけど、とんちきなクルカンのやつはほかのひとからは濡れていたって引き取ってやっているのだ。ほかのひとというのは、たとえばジプシーの雌ネズミ、アンゲリカ・エーデショヴァーで、かのじょからは濡れていたって受け取っている。どういうことかも、ぼくにはちゃんとお見通しだ。雌ネズミのアンゲリカ・エーデショヴァーが来ると「すぐ戻ります」と紙っぺらに書いて、だけどすぐには戻らないで、雌ネズミのアンゲリカ・エーデショヴァーと事務所にこもって性的なことをやらかしているのだ。だからかのじょの濡れたダンボールは受け取って、ぼくのは受け取らないのだ。受け取らなきゃ受け取らないでかまうものか。今に見ているがいい。言いつけられて、その件で問題になるから。でも、ぼくにはどうでもいいことだ。ぼくは働き者だし、いつだってほかの仕事が見つかるのだから。たとえば、作家だ。

作家であることはとても骨が折れる。だって、手が痛くなるから。だけど、ぼくは占いで告げられているのだ。

「『墓地の書』を書きあげる」、と。

＊1　Petr はチェコ人の名前。

『墓地の書』を書く、とぼくに告げたのはグスト・ルーへなのだが、かれはアル中で、アルコールを日々の食料にしているからで、しょっちゅうびしょびしょに濡れていて強烈にくさい。くさいだけでなくて、ほかにもいろいろ。

いつも駅のところの居酒屋の前にいて、植木鉢にオシッコをし、お告げをするときはつばを吐いたり、タンを切ったり、ゲップをしたりする。だって、お告げをするさいにはそれが決まりごとだと思っているから。

老いぼれグスト・ルーへのお告げの手順は以下の通り。

すなわち、アドゥラールで占うのである。

アドゥラールとは石ころで、黄色みがかっているけれどほぼ透明だ。アドゥラールはスケスケ石なのである。アドゥラールと呼ばれているが、ぼくは「名字」ノートに書き込んでいない。だって、それは石ころだし、ほんとうにそういう名なのかも怪しいところだし、老いぼれグスト・ルーへのたんなる思いつきかもしれないから。それはひんやりとしている。お告げを受けるひとは温まるまでずっとアドゥラールを握りしめていなければならない。で、温かいと感じるくらいになったら、老いぼれグスト・ルーへにそれを渡す。その後、タンを切ったり、そのほかいろいろやらかしてから、チョークでアスファルトにお告げを書き付けるのだ。ぼくにはこう書いた。

「『墓地の書』を書きあげる」

だけど老いぼれグスト・ルーへはアル中ときているし、アルコールのためだったらこの世のありとあらゆるでたらめを書き散らす。みんながお告げを信じ、酒代を支払ってくれるように、と。たとえアルコールがからだに悪くて内ぞうがイカレようとも。だって、かれはアル中だから。

占いのお礼にぼくは「ネコの舌」[*1]という名前のチョコレートをあげたのだが、老いぼれグスト・ルーへはみるみる腹を立てて、「目にもの見せてやるぞ」と怒鳴ったものだから、ぼくはすっかり肝をつぶしてしまった。だって、老いぼれグスト・ルーへがちょっと念じただけで、実際になにやら起こって、エリク・ラクが呪いにかかったことがあるからだ。いまのところを書き終えたら、どうやってエリク・ラクに呪いをかけたかを書くことにする。エリク・ラクにあれだけの呪いをかけたことを思えば、アルコールの一杯くらい買ってあげることなどなんでもなかった。そうしたら老いぼれグスト・ルーへはようやく落ち着いて、静まりかえった。もうタンも切らずゲップもしなかったけれど、アスファルトに「坊や」と書いた。

ぼくに向かって誰かが「坊や」と言うのは許せない。だって、ぼくはまったく「坊や」なんかではないし、もうおよそ四十四歳になるのだし、まじめで働き者なのだから。たとえその必要がないにしても、だ。だって、腎ぞう関連で障害者年金をもらっていて、ほかにもれっきとした名前のある病気にかかっているからで、もっともそっちのほうでは障害者年金はもらっていなくて、ただ病気持ちというだけだけれど。もう何度もぼくの障害者年金は引き上げられていて、それもこれもみんながぼくを尊敬しているからだ。

＊1　細長い、ネコの舌の形をした子供に人気のあるチョコレート。

尊敬しているだけでなく、ほかにもいろいろ。

みんなはしょっちゅう、ぼくに荷車で何かを持ち運びするように頼んでくる。重いものを持ち上げるのは、からだを壊すのでやらないほうがいいのだけれど、ぼくは持ち運びしてあげる。ぼくは障害者年金受給者だから健康に関して注意深くあるべきなのだ。健康を心がけなければならない。だって健康でなくては病気だし、病気はとても危険なものだから。

だからぼくは健康な生活習慣を保ち、戸外でたくさんからだを動かし、軽めの夕食をとるようにしているのだ。

手足がむくむこともない。冬は暖かい下着をつけている。下着のひとつはパンサー、もうひとつはトリコタ[*1]という名前だ。パンサーという名前の下着は、足の片方に動物のパンサーのぬい取りがある。トリコタという名前の下着には何もぬい取りがない。

重いものは各自が降ろさなければならない。だって、いくらみんなが頼んだにせよ、ぼくがそれをすることはかたく禁じられているから。共産党があったころは、重いものを運ぶのはコマールノでほとんどぼくひとりだったけれど、共産党がなくなってからは何軒かのお店がものを運ぶようになった。だけど、昔はぼくひとりと、あと数人だけだった。

ぼくのことを「坊や」と呼ぶ人たちがいるのは、ぼくがあまり大きくないからで、つまりあまり成長していなくて、れっきとした名前のある病気にかかっていて、その病気になるとひげも伸びないし身長も伸びないからだ。でも、なぜ伸びなければいけないのか。もうおよそ四十四歳になるのだし、その年で身長が伸びるひとなんていないだろう。そうだろう?

そうだとも。

だけど、たとえ世の中のほかの人たちのようには大きくならなかったとしても、クラスの全員を代表して「ピオネールの誓い」を行ったのはこのぼくなのだ。だって、ぼくは昔も今もまったくまともだし、これっぽっちも阿呆ではないし、阿呆が通う特殊教育校ではなくて普通の学校へ通ったのだ。つまり、阿呆なんかではないのだ。そして、「ピオネールの誓い」まで行ったのだ。

「ピオネールの誓い」はきれいだ。

コマールノの労働組合会館の壇上で、ぼくは誓いを行った。クラス全員を代表してぼくだけが行ったのであって、いまだに全文を暗記している。ほかの人たちは、あちらこちらのいろんな学校へ通ったのにもかかわらず忘れてしまったけれど、ぼくは覚えている。だって、ぼくはなんでも覚えているし、知性的だから。

ぼくと一緒に「ピオネールの誓い」に出かけたのは、オタタと呼んでいた祖父だ。だって、誰ひとりぼくと行きたがっていないと知ってとても腹を立てたから。オタタはお上が目をこらしていて、行かないやつは問題になるぞと言った。

「ピオネールの誓い」が終わると、グナール・カロル社会学博士[*2]とダリンカ・グナーロヴァーと連れ立っ

＊1　社会主義時代にあった下着メーカー。

＊2　社会学博士（RSDr.）は、おもに共産党のイデオローグに与えられた学位。

てケーキ屋に行った。

ところで、昨日、ぼくはダリンカ・グナーロヴァーを見かけた。

ケーキ屋に招いたのはオタタだった。ぼくが「ピオネールの誓い」を行い、それはたいしたことで、だからぼくたちはケーキ屋に行って、いろんなジュースを飲みケーキを食べた。

ひとつだけ大きな問題が生じた。ぼくがちゃんとした赤色をしていないピオネール用スカーフをもらったことだ。それはほとんどオレンジ色っぽかった。だけどよくあるようにしわにもなっていなかったし、端がすり切れてもいなかった。ただ、クラスのほかの連中のものとは違っていた。ぼくはそれを紙ナプキンにくるんで引き出しにしまってあって、ときどきその件について思いをめぐらす。どうしてちゃんとした赤ではなくてオレンジ色っぽかったのだろう。でも、アイロンをかけ直す必要はなかったわけだし、ただちょっと世の中のほかのスカーフと違っていた、というだけのことだ。

オママこと祖母はぼくが望むなら、ちゃんとした赤色で、しわになっていて端がすり切れているピオネール用スカーフをぬってあげると言ったけれど、ぼくはかのじょが禁じられていることをしようとしているのでびっくりした。だって、みんなが勝手にピオネールのスカーフをぬうことなど、ふつうあってはならないことだったから。だって、生涯一度もピオネールだったことがないひとまでピオネール用スカーフをぬうことができて、ピオネール用スカーフを所有できようものなら、それはもう一大事だから。

ただ、オママは紳士服の仕立屋をしていて、その関係からピオネールのスカーフをぬうことだって許されると思っていた。

祖父母のことをぼくたちはオタタ、オママと呼んでいた。でもそれは家の中だけで、だって、もしほかの人たちの前でかれらをオタタ、オママと呼んだら変てこだったろうから。世界で、このコマールノのなかでさえ、ぼくはオタタとかオママとかいう名前のほかのひとを知らないし、それはそもそもドイツ語で、ぼくたちはスロヴァキア人だからだ。

オママもオタタもドイツ人ではなくてかれらもスロヴァキア人で、ただオママのおばあさんがハンガリー人でチョンカ・エステルという名前だった。この事実は誰の気にも召さなかった。

ぼくの気にも召さなかった。

オママはドイツの探偵小説を、しかもドイツ語で読んでいた。でも、新聞紙でその小説を覆わなければならなかった。だって、オタタがそのことで問題になるのを恐れたからだ。その探偵小説というのはドイツに亡命した女のひとの持ち物だったので。小説は『アラン・ウィルトン』といって、何冊かの雑誌に分けてのせられていたのだった。雑誌には表紙もあった。そこにはいろいろな人びとの写真があった。外から見えないように新聞に包まなければいけないとオタタが命じるまで、ぼくはよくその写真を眺めたものだ。

オママはいつも、アラン・ウィルトンがいまちょうど何をしているところかぼくに話してくれた。かれは探偵だった。ぼくはかれが大好きだった。だって、かれはとても控えめで、特にいつも女性にたいして限りなく控えめだったから。

ときどきカラー写真がのっていた。それがなんなのか分からなかったけれど。だって、ぼくはドイツ語が分からないからで、そんな馬鹿げたしろものにかける時間なんてないからだ。ぼくはスロヴァキア語なら分かる。だってスロヴァキア人だから。それとハンガリー語も習ったので分かる。なにしろぼくはとても知性的だから。ここはスロヴァキアだから、ハンガリー語は習うべきではなかったにしろ。

ぼくはドイツ語でもいろんな文章を知っていて、オママはドイツ語で「壁にハエがとまっている」と歌う歌を教えてくれた。でも、それは壁にとまっているハエについてではなくて、アウグスティーンというひとについてのものだ。

歌は以下の通り。

オー、ドゥリーベル、アウグスティーン、アウグスティーン、アウグスティーン
オー、ドゥリーベル、アウグスティーン
アレスィス、ヒン[*1]

つまり、ある人がアウグスティーンという名前だということ。

昔、コマールノにアウグスティーンというひとがいたが、ひとりではなくてふたりだった。だって、かれらは兄弟だったからで、ふたりとも税関で働いていた。母親がひとりいて、郵便局で働いていたのだけれど、コマールノの男はみんな自分に恋をしていてそのために郵便局にやって来るのだと思い込んだために、四十七歳のときについに気がふれてしまった。つまり、そんなふうな感じのひとだった。

男たちが自分目当てにやって来ると言っていつも大騒ぎを起こすものだから、郵便局の窓口から事務所に移されてしまった。それでもやっぱり大騒ぎを引き起こしたのであまり効果はなかったけれど。その後、息子たちのアウグスティーンが郵便局をやめさせ、それからはずっと家にいた。ふたりのアウグス

ティーンは、母親を笑い者にするものは誰かれかまわず殴りつけるために、自転車のチェーンを持ち歩いていた。誰かがふたりの母親のことを笑ったら、いっぽうのアウグスティーンがそいつをつかまえて、もういっぽうのアウグスティーンが自転車のチェーンで殴るのだった。ふたりとも、制服の胸ポケットにチェーンを入れていた。

そのためにみんながかれらをとても重んじていた。

ぼくもそのためにかれらをとても重んじていた。

やがて、母親のアウグスティーノヴァーは不幸な事故で亡くなった。家にあった指輪をかたっぱしから食べてしまったからで、まわりがそのことに気がついたときにはもう死んでいたのだ。

アウグスティーノヴァー・アレンカという名前だった。

息子のアウグスティーンたちはトマーシュとティボルという名前だった。

でも、それはドイツ語の歌にある人物のことではなくて、全然別のアウグスティーンだった。

それにしても、ひとつだけ理解できないのは、ぼくは墓地のことなど何も知らないのに、どうして老い

＊1　Ach, du lieber Augustin, Augustin, Augustin, Ach, du lieber Augustin, Alles ist hin!　一六八〇年頃、ペスト禍に苦しむウィーンで作られたとされる歌。「ああ、愛しいアウグスティーン、みんなくたばってしまった」の意。スロヴァキアでは「壁にハエがとまっている」、日本では「仲良しダンス」あるいは「ソーラソファミドド」の歌詞で知られる。ここでは、ドイツ語がスロヴァキア語風に訛っている。

ぼれグスト・ルーへは「『墓地の書』を書きあげる」などと書いたのだろう。すでに一度、ぼくは『墓地の書』を書いた。ただそれはとても短くて、たった一ページしかなかったから、多分あまりいい出来ばえではなかったのだろう。だって、それがどうなってしまったのか分からないから。

ぼくはそれをレヴィツェに住んでいるコロマン・ケルテーシュ・バガラ[*1]という名前のひとに送った。だって、かれはみんなにいろんな本を書くよう勧めている人物で、それを集めるけれど紙の回収所に持っていくわけではなくて、それで生活していたから。

かれが言うには、コンクールがあって、世の中の誰でも書いたものを送ってかまわない。だからぼくは今こそ『墓地の書』を書く必要があると思って、それを書いて送ったのに、誰も返事を寄こさなかった。それにしても、そのコロマン・ケルテーシュ・バガラはぼくの『墓地の書』がどうなったのか、書いて寄こす義務があるだろうに。そうだろう?

そうだとも。

ときどき、かれはひょっとして実在していないか、あるいは実際のところ男性ではないんじゃないかと考える。だって、ぼくたちは学校でチムラヴァ[*2]という名前の女性がいることを習った。女性だったのだけれど、ぼくにはチムラヴァオヴァーではなくてチムラヴァというなんて実際思いつかなかったから。[*3]だから、ひょっとしてそいつは男性ではなくて、バガラという女性で、人びとをからかっているのだと思ったわけだけれど、そんなことはしてはいけないし、言いつけられて問題になるだろう。

でも、ぼくはかれについて何も言いつけたくないし、ひょっとしていちばんの失敗はそれがたった一ページしかなかったことにあるかもしれないのだ。だって、本はたいていもっとページ数があるというのは事実だし、ひょっとしてかれにとってそれは短かすぎたのかもしれないからだ。だから、荷車がボシ＝モイシ・ヤーンのところにあって雨が降っているいま、第二の書を書こうと思うのだ。それにしてもひとつだけ理解できないのは、どうして墓地についてなんだろう。墓地についてぼくが『第一の墓地の書』で書いたよりも長い本を書くことなど、いったいこの世でありえるものだろうか。だって、墓地についてなんか、いったい何が書けるというのだろう。そうだろう？

そうだとも。

ぼくは阿呆などではまったくないから、もういろんな本を目にしたことがあるし、読んだことさえある。一冊の本を特によく読んでいて、それは世界でいちばん美しい本だ。『ピオネールの心』[*4]という題名で、ピオネールになりたいひとの話だけれど、悪いやつがそれを許さないのだ。それは世界でいちばん美しい本だった。『ピオネールの心』以上に美しい本はこの世にありえないと、ときどき思う。ぼくはその本で涙を流したけれど、当時は別にかまわなかった。だって、当時はまだ共産党があったから。『ピオネールの心』をぼくは学校からもらった。だって、古紙の回収で一等賞になったからで、古紙回収

＊1　この小説がスロヴァキアで刊行されたときの、じっさいの編集者。
＊2　二十世紀初頭から両大戦期にかけて活躍した女流作家。
＊3　スロヴァキアの言語法では女性の名字には ová を付けることが義務づけられている。
＊4　教師をしながら執筆を続けた作家ヨゼフ・ホラークによる一九五二年の児童小説。

の見事な成果にたいし、ピオネールはサムコ・ターレに本書を捧げる、とそこには書かれている。
一度イワナがこの本のことを笑った。だってかのじょはぼくの姉で、ブラチスラヴァのたいした芸術家だったからだけれど、ぼくは笑いものにしてはいけないものをひとが笑いものにするのはきらいだ。たとえばアルフ・ネーヴェーリはこの本を笑いものにしたりしなかった。たとえかれが変人だったにせよ。だって、かれはおかしなことにたいしてはちっとも笑わなかったけれど、全然おかしくないことにたいしてはいつも笑ったからだ。なぜだか分からないけれど、たぶんユーモアがなかったからだろう。ユーモアのないひとだっているのだ。

たとえば、ぼくにはとてもユーモアがある。

それは、たとえばぼくがたくさんユーモラスな文句を知っていることから明らかだ。いくつかの文句は外国語で知っている。だって、ぼくは知性的だから。たとえば英語で、ファック・ミー・テンダー、ファック・ミー・ドゥー。これはユーモラスだ。

あるいは、一、二、三、（アインス ツヴァイ ドライ）あんたはケツの穴。（ドゥー・ビス・アルシュロフ）

これはドイツ語のユーモアだ。でも、いちばんユーモラスなのはハンガリー語地方劇場の俳優、バートリという名前でバートリ・コシーヒの出身者が教えてくれた文句だ。それは以下の通り。

「お知らせします。（ヴニマーニエ、ヴニマーニエ）コンサートは中止です。（コンツェルト・ニエ・ブージェト）ヴォロージャがバラライカをやってしまったので」（ボトムーシト・ヴォロージャ・スビズジル・バラライク）*1

この文句はロシア語だけれど、道端でぼくたちが出会うと、いつもバートリは聞いてきたものだ。

「どうだい、サムコ、コンサートはあるかい」

で、ぼくはいつもかれにこう答える。

「コンサートは中止です（コンツェルト・ニェ・ブージェト）。ヴォロージャがバラライカをやってしまったので（ポトムーシト・ヴォロージャ・スピズジル・バラライク）」

これはとてもユーモラスだと思ったし、いつもぼくたちはこれで大笑いした。

つまり、ぼくもいつも大笑いした。

その後、バートリは糖尿病にかかって、片足を切り落とした。そして、もうハンガリー語地方劇場の俳優ではなくなった。

バートリ・カーロイという名前だった。

アルフ・ネーヴェーリもいろいろな言葉を知っていた。それなのに面白い文句は知らなかった。それで一度、ぼくは知る限りの面白い文句を並べてみたけれど、かれはちっとも笑わなかった。だって、かれにはユーモアがないからだ。そのほかの点で言えばかれにはいいところがたくさんあって、たとえば控えめで、芸術家なのにもかかわらずもの静かだった。ぼくの姉のイワナもたいした芸術家だが、でもピアノ関連の芸術家で、ピアノというのはそうぞうしい音を立てた。それに、いつもテレビやらレコードやらに顔を出しているので、ひとはかのじょを恥ずかしく思わずにはいられない。だって、どこにでも顔を出して、そうぞうしい音を立てるから。

だから、オタタとオトおじさんのいたところに、ブラチスラヴァから芸術家が下宿人としてやって来て

＊1　スピズジルには俗語で「壊した」という意味と、ロシア語に由来する俗語で「性交した」の意味がスロヴァキア語にある。

ぼくの姉のイワナもたいした芸術家だが、
でもピアノ関連の芸術家で……

住むとイワナが言ったときには、いったいぜんたいどうして、とすごく腹が立った。なにせ芸術家なのだ。

幸いなことに、アルフ・ネーヴェーリはピアノ関連の芸術家ではなくて書き物関連の芸術家だった。幸いなことに、そうぞうしい音を立てなかった。だって、しんと静かな物書きだったから。イワナにどんな本を書いたのかと聞いたら、たった一冊しか書いていないとのことだった。あとでかのじょはそれを見せてくれた。とても薄っぺらな本だった。タイトルは以下の通り。

『百の揺るぎない自殺の方法
＋
九十九のまともな動機』

とても変てこだ。

それから、イワナはアルフ・ネーヴェーリが別の本を書き上げようとしていると言ったのだけれど、ついに書きあげることはなかった。だって、死んでしまったから。その死をめぐっては、ひともんちゃくあった。だって、およそ五十歳になっていたとはいえ、かれにはまるきり病気がなかったからだ。それで長い間調べられたのだけれど、結局、心ぞう停止とだけ文書に記されて埋葬が許可された。

そしてコマールノの墓地に埋葬された。もともとコマールノの出身ではなくて、ここには下宿していただけだったけれど。

ぼくはアルフ・ネーヴェーリが好きだった。だって、控えめだったし、ぼくにも「あなた」とていねいな口調で話したからだ。みんなはぼくを重んじているけれども、「おまえ」呼ばわりする人たちもいる。だけど、医者だって郵便配達夫だってぼくに「あなた」とていねいな口調で話す。「あなた」を使ってくれるのがうれしくて、「おまえ」でかまわないとかれには言った。だって、たいていみんな「おまえ」をぼくに使うから。その後、「おまえ」と友だち口調も使うようになったが、だいたいは「あなた」だった。

アルフォンス・ネーヴェーリという名前だけれど、ただアルフと呼んでいいと言っていた。で、ぼくはアルフ・ネーヴェーリとかれを呼ぶようになって、かれはぼくにカルロヴィ・ヴァリ製の色々な種類のゴーフレットをくれた。ゴーフレットはカルロヴィ・ヴァリ製が最高なのだ。

かれはぼくの隣の部屋に住んでいた。ぼくはアパートの部屋を持っているのだ。いろんな学歴を持ちながら部屋を持っていないひともいるけれど、ぼくは部屋を持っている。ふた間のアパートだ。ひと間が居室で、もうひと間はなんとなくあるだけ。このアパートにはぼくたちが住んでいた。ぼくたち、というのは、オママとオタタとオトおじさんが住んでいた建物が取り壊されたときに、介護ができるようにとかれらが引っ越してきたからだ。だって、オママはもう生きていなかったし、オトおじさんは神経症の身体障害者だったから。それからオタタも亡くなり、それからオトおじさんが行方不明になり、以来ずっとおじさんが戻ってこないか待っている。行方不明になって九年ほどたつのだけれど。

そんなわけで、アルフ・ネーヴェーリは下宿することができた。

だけれど、かれは健康な生活を送っておらず、酒を飲み、タバコを吸い、ぜんぜん戸外の空気を吸いに出なかった。まるで娼婦みたいにいつも風呂につかりシャワーを浴びてばかりでは、死んでしまっても不思議はないというものだ。

でもそのほかの点では、控えめだしそうぞうしい音を立てることもなかった。

ただ、ユーモアはなかった。

まだ死んでいなかったころに書いた本は、とても変てこなものだった。各ページになんの意味もなければ、韻すら踏んでいない詩がのっていた。

かなり変てこだった。

そのことがあったものだから、本というものはもっとページ数があるものだと知ってはいたけれど、ぼくの『墓地の書』は一ページだけだってかまわないのではないかと思ったのだ。だって、ぼくはちっとも阿呆ではないからで、返事をくれなかったレヴィツェの例の人物にそれを送ったのだが、返事をくれなくたって気にしない。ぼくはただ『墓地の書』を書きあげればいいのだ。見てるがいい。

昔コマールノにひとりの男がいて、かれはレヴィツェの出身で、チプケ・ゾルターンという名前だった。ゴミ箱をあさって歩いていた、ジプシーでもないのに。だって、ゴミ箱をあさるのはもっぱらジプシーだったから。ところが、チプケ・ゾルターンはジプシーではなかったし、白い靴を履き、手を汚さないように白い手袋をしてゴミ箱をあさった。

ゴミ箱をあさって食べていけるのだ。だって、それを豚に食べさせて、その豚のおかげでかれは金持ちだったから。

ジプシーなんかではちっともなかった。

チプケ・ゾルターンはジプシーではなかったし、白い靴を履き、手を汚さないように白い手袋をしてゴミ箱をあさった。

でもゴミのせいで肺の病気にかかり、タトラ山地に療養に行って、治ることなくそこで死んでしまった。

ゴミ箱をあさって、しかもジプシーではなかった。

誰もがそのことをとてもいぶかしんだ。

ぼくもとてもいぶかしんだ。

だって、ジプシーではないのに、たとえばあの雌ネズミのアンゲリカ・エーデショヴァーのようなジプシーがすることをしていたから。かのじょは市場でぼくのダンボールを盗むのだ。ぼくのダンボールを盗むところをいつか捕まえてやるから見ているがいい。雌ネズミのアンゲリカ・エーデショヴァーめ。

でも、ぼくは腹を立ててはいけないのだ。それは健康を損なうから。健康を損なうなら、やっぱり腹を立てないようにしたほうがいい。そうだろう？

そうだとも。

それにしても、ただひとつだけ理解できないのは、どうして墓地についてなんだろう。たくさん美しいものが、たとえば自然とかほかのもろもろがあるというのに。もっともぼくはあまり自然のなかに出かけていくほうではない。だって、コマールノで自然がある場所はとても遠いし、町から戻るとぼくはもう疲れている。だからもう自然を求めて出かけたりしない。だって、ぼくは疲れているから。

ひょっとして、墓地のことは老いぼれグスト・ルーへのただの思いつきかもしれない。かれの占いはあれこれと当たったし、エリク・ラクに呪いまでかけたけれど。いまのところを書いたあとで、どんなふうにエリク・ラクに呪いをかけたのか書くことにしよう。うっかり忘れていた。

老いぼれグスト・ルーへは年寄りで、もともとはバンスカー・シチャヴニツァ[*1]出身のドイツ人だったけれども、ひどくくさかった。上の人たちはかれが悪いドイツ人だと思い込み、戦後はブラチスラヴァの監獄に入れられていた。老いぼれグスト・ルーへは自分が共産党の監獄にいたと言っていたけれど、誰も信じていない。なぜならアル中だからだ。それでなくてもドイツ人だし。当時のドイツ人は悪者で、監獄行きと相場が決まっていた。かれはそこで殴られたと話していた。いちばんよくかれを殴ったのは、サボパルという名前の男だったそうだ。足の指を一本ずつハンマーで殴ったとか。でもグスト・ルーへはアル中だし、きっとただの思いつきだろう。だって、共産党についてそんなことを言うなんて本当のはずがない。思いつきを言わないでほしいものだ。以前はそんなことは口にできなかった。だって、上の人たちがやって来て、大騒ぎになったろうから。もういまはそういうことを言ってもいいのだけれど、ぼくはいやだ。そんなことを言ってはいけないのだ。だって、どうして当時言ってはいけなかったことをいまは言っていいのだろうか。そんなことではひとは何がなにやら分からなくなってしまうし、そのことで腹だって立つに違いない。そうだろう？

そうだとも。

老いぼれグスト・ルーへはよく植木鉢にオシッコをするし、あごひげのほうにまで下唇が垂れていて、しかもそれは青みがかっている。青い絵の具みたいに青い。老いぼれグスト・ルーへはそんな下唇をしているのだ。

だけれど、かれはアドゥラールのほかにはこの世で何も持っていなくて、それで駅のところの居酒屋の前で寝たりオシッコをしたりそのほかいろいろのことをしていて、すごく寒いときにだけ墓地にあるガレージに寝に通った。だって、かれにはそれが許可されていたから。ただ不思議なのは、すごく寒いときはガレージだって寒いはずだ。だってそこは暖房が効いていないのだから。それでもすごく寒いときには、老いぼれグスト・ルーへはそこへ寝に通う。殴られたという足の指のせいで、かれは歩くのにとても骨が折れる。老いぼれグスト・ルーへによれば、サボパルは大きさ順にショウケースにハンマーを並べていて、どのハンマーで殴られたいか囚人自身が選ばなければならなかった。

だって、それが決まりだったから。

そんなわけで、老いぼれグスト・ルーへは居酒屋の前にただ座りこんで悪臭を放っていた。そしてすごく寒いときだけ、墓地のガレージに行った。占いのおかげで、それが許されていたのだ。

昔、コマールノにひとりの男がいて、セルヴス・ダヴィドという名前で、墓地の主任だった。あるときかれが老いぼれグスト・ルーへに占いをさせると、こんなふうに書いた。

「セルヴソヴァーは汽車に乗ってはいけない」

でも、セルヴスには母親と女房とふたりの娘がいて、みんなセルヴソヴァーだった。老いぼれグスト・ルーへは、どのセルヴソヴァーが汽車に乗るべきではないのかは告げようとしなかったので、どのセルヴソヴァーも二度と汽車に乗らなくなった。みんなして霊きゅう車に乗って出歩き、セルヴスが退職すると家族みんなを乗せられるように霊きゅう車を買い取った。だって、コマールノじゅうが、セルヴソヴァー

＊1　ドイツ人が開いた中部スロヴァキアの鉱山都市。

は汽車に乗ってはいけないと告げられたことを知っていたから。で、もし実際に何か起こったら良心のとがめがあるだろうし、占いを知っていたのに許可したことで問題になるかもしれないと恐れたのだ。

その後セルヴスは脳いっ血で亡くなり、おかげでセルヴソヴァーを車に乗せなくてよくなった。母親は九十六歳になるけれどまだ生きていて、もしずっと汽車に乗らないのなら命尽きるまで生きながらえるだろう。

まだセルヴスが生きているころに、とても寒いときにはガレージで寝ていいと老いぼれグスト・ルーへに許可したわけだけれど、セルヴスが死んでしまっても許可はそのまま残った。

だから、『墓地の書』を書くなんてことはぼくの義務ではないのかもしれないと、ときどき考える。だって、ひょっとして老いぼれグスト・ルーへは、いつも墓地のガレージで寝ているせいで頭がおかしくなっただけかもしれないから。多分そのせいで頭がおかしくなって、それでそんな占いをしたのだ。そうだろう?

そうだとも。

女性は占われるのが好きらしいけれど、かれは男性ばかり占っていた。かれは占いながらさわれるときだけ、女性を占ってあげるのだ。あそこを。あそこ。両足のあいだにあるもの。ヴァギナを、だ。

でも女性たちは占いをさせなかった。だって、おさわりの件でかんかんに怒ってしまったから。占いをさせた女性もいたけれども、さわらせてあげて、そのさいに駅のところの居酒屋にいるみんながじぶんを眺めていることに怒ってしまったのだ。

あの雌ネズミ、アンゲリカ・エーデショヴァーでさえ占いをさせなかった。だって、さわらせなかったから。

かのじょはジプシーなのに、そしてジプシー女はジプシーなものだから平気でさわらせるのに。スロヴァキア人はジプシーではないのでさわらせない。あるときぼくはダリンカ・グナーロヴァーがどうなるかを老いぼれグスト・ルーへに聞いてみたが、そのときはさわらせる必要はなくて、ただぼくがアドゥラールを握ってダリンカ・グナーロヴァーのことを思っていればよかった。

きのうぼくは労働組合会館の前でダリンカ・グナーロヴァーを見かけた。

そのとき老いぼれグスト・ルーへはアスファルトにこう書いた。

「かのじょのは底なし」

そこにいた誰もが大笑いして、ホモのボルカが、もう何回もチョウエキをくらっているのにまだホモなのだけど、もし底なしならおれのもそこに収まるだろうと言った。ホモ野郎め。あいつは尻に標的のイレズミがあって、標的の中心はあそこにあった。尻の穴のところに。

ぼくはグナール・カロル博士にかれがホモだと話したのだけれど、グナール・カロル博士はそのことでは今はもう何もできない、なぜなら民主主義だから、と言った。

あるときアルフ・ネーヴェーリに、コマールノにはホモがいて、女性のホモもいてそれをレズビアンと呼ぶのだと話した。アルフ・ネーヴェーリはただ肩をすくめただけなので、ぼくは腹が立った。だって、みんなホモを気にしていないし、アルフ・ネーヴェーリまでがそのみんなで、ホモを気にしていなくて、肩をすくめるだけで怒らないのだから。でも、そうあってはいけないはずなのに、どうしてホモがいるのだろう。

もしぼくが上の人たちだったら、ホモを禁止してホモはいなくなるのに。そうだろう？

そうだとも。

ピアノ関連のたいした芸術家であるイワナもホモに無関心で、かのじょの夫もホモに関して無関心だ。無関心でなければ、ひとはだいたいそのことを笑う。だって、誰かがホモだと笑えるからだ。

ぼくも笑える。

でも、ときどきホモは嫌われる。

ぼくもときどき嫌いだ。

ぼくたちの家にはひとりのホモもレズもいなかった。もしいたら恥ずかしがるところだが、幸いホモとレズに関してぼくたちはとてもいい家族だった。またほかのもろもろの点に関しても。誰もがかくあるべしという様子であったからだけれど、オトおじさんだけはかくあるべしというさまではなかった。だって、稲妻で気が変になってしまったから。稲妻はオトおじさんの肩口から入って足から出て行ったのだが、そのおかげでいろいろなことを体験して、キノコ関連で特別な使命をになっていると思い込んでいた。その後、行方不明になってしまい、いつか行方が分かるのかどうか、誰も知らない。つまり、さっぱり分からないのだ。

オトおじさんは肩から入って足から出て行った稲妻のおかげで、神経関連の障害者だったけれど、黒いほおひげと髪、しらがのあごひげのせいで、表立っては特に何も見て取れなかった。

とても変てこだった。

ほかの人たちと見た目はとくに変わりないのに、キノコ関連の使命をになっていたのだ。

かれはぼくの母の兄で、母より十歳年上だった。母はかれより十歳年下だった。ぼくの母も障害者だったけれど、神経関連ではなくて背骨関連だった。つまりふたりとも身体障害者だった。母はピアノ関連、子供関連の教師だったけれど、家で教えていた。だって身体障害者だったから。

ぼくの母はエミーリア・ターレオヴァーという名前で、みんなはミルカと呼んでいた。ぼくの父はエミルという名前で、みんなはエミルと呼んでいた。父は技術家庭関連の教師で、いつも余りものを家に持ち帰った。役に立つときがあるかもしれないから。父はジェトヴァ[*1]の出だった。ジェトヴァはとても遠い。ぼくは一度も行ったことがない。ジェトヴァにはエミル・ターレという名前のもうひとりの祖父と、サムエル・ターレという名前の父の兄弟が住んでいた。その兄弟もジェトヴァ出身だ。ぼくもサムエル・ターレという名前だけれど、ジェトヴァではなくてコマールノの出身だ。コマールノよりもジェトヴァ出身であるほうがよいことで、だって、ぼくがコマールノ出身だと言うとひとは笑うけれど、父親がジェトヴァ出身だと言うと笑うのをやめるから。コマールノ出身であるのは笑えることで、ジェトヴァ出身であるのはとても真面目なことなのだ。ジェトヴァはとても遠い。ぼくは一度も行ったことがない。でもあるときテレビで見たことがあって、父は叫び始めた。

「あれはジェトヴァのおじさんの家だ！」

どれがおじさんの家かぼくに見せるために、テレビに突進したけれど、もうおじさんの家ではなくて全

＊1　スロヴァキア系の伝統的な居住地域とされる中部スロヴァキアの町。

然別の家が映っていた。

イワナとマルギタはジェトヴァに行ったことがあるけれど、ぼくはない。だってとても遠いから。

マルギタはぼくの姉だ。ぼくにはふたり姉がいる。ひとりがマルギタで、もうひとりがイワナ。マルギタはぼくより五歳年上で、イワナは一歳だけ上だ。ぼくはいちばん年下だ。ぼくより下は家族にいないので、ぼくがいちばん若い。

マルギタは民族委員会で、子供を孤児院に送る関連の仕事をしていて、そのおかげでとてもまじめだ。ぼくの服を洗ってくれるし、日曜日にはかのじょのところでお昼をごちそうになる。マルギタ・アンコヴァーという名前だ。だって結婚しているから。まだ結婚する前は、マルギタ・ターレオヴァーという名前だった。

イワナがまだ結婚していないとき、やはりイワナ・ターレオヴァーといったが、結婚するとイワナ・ターレに名前を変えた。だって、かのじょはピアノ関連でたいした芸術家だったし、レコードでもテレビでもイワナ・ターレになっていたから。それに、かのじょは結婚したけれど相手がジェブラーク[*1]という名前で、世の中の誰ひとりレコードやテレビでジェブラーコヴァーなどと呼ばれたくはないからだ。夫の名前はフィリプ・ジェブラークといった。ジェブラークは太鼓関連の芸術家だ。かれの父親はチェコ人で、ぼくの父はチェコ人が嫌いだった。チェコ人というのはみんな実際に物乞いのようなやつらで、まともなのはスロヴァキア人だけだと言っていた。加えて、父はジェブラークの父親を知っていて、それは同級生だったからで、かれにはむかついていたのだった。それは学生時代にジェブラークの父親が文字を間違えて、「タトラ山地のワシ（オロル・タトランスキー）」[*2]の代わりにタトラ山地のロバ（オソル・タトランスキ）と言ったからだ。文字を間違えたと、そんなふうにジェブラークは言ったわけだけれど、父はわれわれの文化を笑いものにしようと、わざとやったのだと言っていた。

ぼくの父は、チェコ人、ハンガリー人、ロシア人、ユダヤ人、共産党員、ジプシー、スパルタキアーダ[*3]、ピオネール、青年共産主義者同盟、軍支援協会、革命的労働組合運動、チェマドック[*4]、スロヴァキア民族蜂起、プラハ蜂起、女性同盟、勝利の二月[*5]、偉大なる十月社会主義革命、チェコスロヴァキア・ソビエト連邦友好協会、国際婦人デー、解放などといったものが嫌いで、「いわゆるスロヴァキア国」と言われるときの「いわゆる」も嫌っていた。だって、どのみちそれが意味しているのはただの「いわゆる」だから。これについて父は、共産党員だって、いわゆる、なんだと言っていた。さらに、自由ヨーロッパ放送も聴いていたが、それは当時固く禁じられていた。

ぼくはグナール・カロル博士に、父が自由ヨーロッパ放送を聴いていることを告げた。それを告げな

＊1　チェコ語で「物乞い」の意味。
＊2　一八四五年から「スロヴァキア民族新聞」の付録として出ていた冊子の名。民族覚醒期の文芸運動上、重要な役割を果たした。
＊3　チェコスロヴァキアの社会主義時代の国民体育大会。
＊4　ハンガリー系の文化団体。
＊5　一九四八年二月、チェコスロヴァキアに共産主義政権が樹立された政変を指す。

かったことで、ぼくに悪いことが降りかからないように。グナール・カロル博士はぼくが話したことをとてもほめてくれた。グナール・カロル博士がとてもいいひとだったおかげで、父のその一件を許してくれた。

ぼくはグナール・カロル博士が大好きだった。だって、かれはとてもいいひとで、ユーモアがあって、いろいろ面白い文句を教えてくれて、ダリンカ・グナーロヴァーがかれの娘だったから。

きのうぼくは労働組合会館のそばでダリンカ・グナーロヴァーを見かけた。あの一方通行の道だ。ダリンカ・グナーロヴァーはぼくの同級生だった。

あるとき、ひとりの女の先生がぼくを特殊教育校に入れようとしたのだけれど、グナール・カロル博士にその先生のことを話すと、ぼくを決して特殊教育校に入れないように口添えしてくれた。ぼくはかれになんでも話すので、かれの友人だったからだ。だって、ダリンカ・グナーロヴァーが、禁じられていたにもかかわらず校庭に生えていた生のえんどう豆を食べてしまって、そのせいで吐いたことをかれに告げたことがあったから。博士がかのじょを迎えに学校に来て、みんなはなぜ吐いたのか分からないと言った。でもぼくはかのじょを見ていたから、なぜ吐いたのか分かっていた。

それでぼくは、グナール・カロル博士のところに行って、ちょっとお話ししたいことがあると言った。話してごらんと言われたので、それでぼくは、禁止されているのにもかかわらずダリンカ・グナーロヴァーが生のえんどう豆を食べたのだと話した。そのせいで吐いたのだ、と。

グナール・カロル博士はよく話してくれたと、とてもほめてくれて、いつでも自分のところに話しにくるようにと言ってくれた。さらに、ぼくたちはこれから友だちだと言った。

ぼくたちが友だちであることはみんな知っていて、グナール・カロル博士と友だちなのだからぼくが「ピオネールの誓い」を行うべきだと、みんなは言った。

ぼくも、自分が行うべきだと思った。

だって、「ピオネールの誓い」は世界でいちばん美しいのだから。

だって、ダリンカ・グナーロヴァーが何をしているかということや、生のえんどう豆を食べてしまったことにぼくだけが気がつき、ぼくだけが覚えていたのだから。それは禁じられていたことで、禁じられていることはしてはいけないのだ。だって禁じられているのだから。

こんなふうに、ぼくはしっかりと覚えていた。ぼくは何でも覚えているのだ。いまでもなんでもかんでも覚えていて、ときどきそれをグナール・カロル博士に告げに行く。かれはもう上の人たちではないけれどぼくの友だちだし、なんでもかんでもかれに話すと約束したのだし。

グナール・カロル博士はもう上の人たちではない。いまは上の人たちはほかにいる。

たとえばいまは、ヴァレント・アンカという名前で、造船所の技師をしているマルギタの夫が上の人たちだ。だって、かれはコマールノで「独立スロヴァキア」[*1]を始めたから。

マルギタとイワナは「独立スロヴァキア」のことでいつも言い争っている。だって、マルギタは「独立

---

*1　スロヴァキアのナショナリズム政党で、現在でも国民議会に議席を有する「スロヴァキア民族党」を指すと思われる。

スロヴァキア」を望んでいるけれど、イワナは望んでいないので。たとえ、それがいけないことであっても、イワナはあいかわらず「独立スロヴァキア」が好きではないから。ぼくに腹を立てることになるにしろ、かのじょのことは言いつづけるつもりだ。だってぼくの義務だから。

マルギタは「独立スロヴァキア」がすごく好きで、ときには泣くほど好きだ。イワナは決して「独立スロヴァキア」のために泣かないだろう。だって、かのじょには感情がないから。ぼくたちのホッケー選手ではなくてチェコの選手を応援していたりする。誰だってぼくたちの選手を応援するものだ。

ぼくもぼくたちのホッケー選手を応援している。

そのほかの選手も応援するけれど。

昔、コマールノにひとりの男がいて、かれがいちばん熱心に「独立スロヴァキア」を始めて、名前はヤニーチェク・ドゥシャンといった。それよりもっと前にコマールノにひとりの男がいて、名前はオルサーク・パヴォルといい、片方の目玉がガラス製だった。もともとそこにガンがあって目玉ごと手術で取り出さなければならなかったためだ。で、ガラスの目玉を手に入れた。

かれはいつもコマールノのあちこちの居酒屋へ出向き、金を払って酒を飲んだ。飲んですっかりお金を使ってしまうと、貧乏になって、わずかの飲み代すらなかった。それで気色の悪いことをやらかすようになって、みんなはそのおかげで胃の中のものを吐き出すはめになった。

オルサーク・パヴォルがやったのはこういうことだ。

誰かのグラスにお酒が入っていると、そこへオルサーク・パヴォルが現れる。で、ほかの人たちのお酒の中に、ガラス製の目玉を落とすのだ。するとみんなが気持ち悪くなって胃の中のものを吐き出して、もうそのお酒が飲めなくなってしまう。それからオルサーク・パヴォルはそのお酒を飲み干してへらへら笑う。ほかの人たちはそのせいでかれを嫌った。

ぼくもそのせいでかれを嫌った。

もう一度やりやがったら土手っ腹にナイフを食らわすぞ、とヤニーチェク・ドゥシャンがおどした。だけどオルサーク・パヴォルがそれを無視して、ヤニーチェクのお酒にまたガラス製の目玉を放り込んだとき、ヤニーチェク・ドゥシャンは折り畳みナイフを取り出して、オルサーク・パヴォルの腹にぶすりとお見舞いした。かれは手術を受けてまったく無事だったから、そのおかげでヤニーチェク・ドゥシャンもあまり問題にされなかった。だって、世の中のみんなが、あの目玉がどんなに気持ち悪くて、吐きたくなるかを知っていたから。

それからというもの、うまくやってのけたヤニーチェク・ドゥシャンをみんなが尊敬するようになり、「独立スロヴァキア」を始めるべきだと思いついたときには、みんながかれと一緒に始めた。だって、かれをとても尊敬していたから。

その後オルサーク・パヴォルは凍え死んでしまって、もうだれもかれのせいで胃の中のものを吐くことはなくなった。

凍え死んだのは、ガンがもう一方の目にも転移したと医者に告知されたからで、かれは毛布から抜け出て凍えるままに身をまかせた。それは冬のことで、つまり寒かった。発見されたときはもう凍りついてしまっていた。

それから、かれはそのガラスの目玉ともども墓地に埋められた。『墓地の書』について考えるために、ときどきぼくは墓地へ行く。せっかくだから、墓地にいるみんなを見に行く。だって、みんなそこにいるから。オママ、オタタ、父に母、アルフ・ネーヴェーリなど。

そのほかのひともいろいろ。

トンコ・セジーレクとかれのお母さんのカトゥシャ・セジーレコヴァーもそこにいる。

トンコ・セジーレクはぼくの同級生で友だちだった。かれは給水塔から落ちて頭の骨を折って死に、その悲劇のせいでかれのお母さんも後を追うように死んでしまった。ふたりは仲良く一緒に葬られている。

アルフ・ネーヴェーリの墓の上には花輪があるけれど、誰がそれを片付けるものやらぼくには分からない。だって、ぼくは片付けたいけれど、なぜ自分の家のではなくてよそのひとの墓から花輪を片付けるのかと怪しまれたくない。だからイワナが片付ければいい。だって、ブラチスラヴァと芸術がらみで、かれはかのじょの知り合いだったのだから。

アルフ・ネーヴェーリが引っ越して来るとイワナが言ったとき、はじめはどうしていいか分からなかった。だって、騒音のことが不安だったから。一階にツィリル・マラッキーという名前の男が住んでいて、暇なときは作家をしている。ほかには教会の駐車場の警備員をしているのだけれど、本も書いているのだ。ところがその本を書くのが、すごい騒音をたてるタイプライターを使ってなのだ。いい天気で窓が開け放たれているときは特にすごい。そんなときは三階のぼくのところまで響く騒音をたてる。それ以外ではツィリル・マラッキーはきちんとしたひとで、ゴミ捨て場のまわりだって掃き清めるのだけど、とにかく騒音をたてるのだ。

でもぼくは、かれが作家の仕事関連で騒音をたてているということについてはもともと知らなかった。だって、知っていたのはかれが教会の駐車場の警備員だというだけで、作家もしているということなど知らなかったから。

あとになって、アルフ・ネーヴェーリがツィリル・マラッキーは作家でもあって本を書いたことがある、とぼくに言った。それは『オロカモノの道具一式』というタイトルだった。アルフ・ネーヴェーリが言うには、その本には市場でダンボールを集めて、バックミラー付きの荷車を持っている男が出てくるそうだ。ぼくはバックミラー付きの荷車を持っていて、市場でダンボールを集めている。だからそのことでとてもショックを受けた。その本を読んでみたいと言ったら、アルフ・ネーヴェーリが読んでみるようにと持って来てくれた。本のタイトルは以下の通り。

ツィリル・マラッキー著『オロカモノの道具一式』

それで読み始めたら、出だしのまるまる一ページがひとつながりの文で、ぼくはほっとした。だって、それはひとが読む本ではなかったから。巻頭ページに写真もなかった。かなりの厚さだった。第一章は第一章という題名だった。その本についてほかに何を書いたらいいのか、ぼくにはもう分からない。

でもなぜバックミラー付きの荷車を持っているひとのことを書いたのかが、ぼくには理解できない。バックミラーのない荷車を持っているひとのことだって書けたはずだ。ツィリル・マラッキーがぼくやほかの人たちと同じ建物に住んでいることで、みんなはいろいろと想像をめぐらすだろう。

もしバックミラー付きの荷車でなかったら、みんなは想像をめぐらさないだろう。ぼくも想像をめぐらさないだろう。

コマールノのほかのひとは荷車にバックミラーを付けていないが、ぼくは付けている。バックミラーなしでは後ろが見えないからで、だからボシ＝モイシ・ヤーンが直さなければならないのだ。だってぼくは道路交通の参加者なのだから、それは義務なのだ。

もしバックミラーがなかったら、誰かがぼくに叫んでも見ることができない。そうなったら一大事だ。だって、働き者なのでみんなぼくを尊敬しているけれども、ぼくに向かってこんなふうに叫ぶ人たちもいるからだ。

サムコ・ターレ、ウンコターレ。

そのほかにもいろいろ。

でもバックミラーのおかげでかれらのことが見えるし、ぼくも叫び返すことができる。だって、もたつかずにすむように、ぼくはときどき前もって返事を準備しておくから。たとえ、もうほとんど誰もぼくに叫んだりしなくても。だって、みんなはぼくを尊敬しているから。だって、天気が良くないときだってぼくは働き者なのだから。

天気が良くたって働き者でない人たちもいる。

アルフ・ネーヴェーリさえあまり働き者ではなかった。かれはまったく働かなかった。ただ家にいて何もせず、オトおじさんの絵、「安全な町」を眺めているだけで、何も書かないのにどうして作家なのだろうとぼくは不思議だった。だって何も書かないのに、どうして作家でいられるのだろう。そうだろう？

そうだとも。

たとえば、ぼくは書いているのだから作家だ。ツィリル・マラツキーも書いているのだから作家だ。ときどき一階から騒音が聞こえるから。ただひとつだけ理解できないのは、何も書いていなかったのにどうしてアルフ・ネーヴェーリが作家でいられたのか、ということだ。

ところで、ぼくの家族にもコマールノにも、作家となるとそれほどはいない。たとえばイワナはピアノ関連で、あるいはジェブラークは太鼓関連の芸術家ではあったけれど。もっともジェブラークはクラシックではなくてポップスの芸術家だ。

かれらはピアノ関連や太鼓関連でブラチスラヴァのあれやこれやの学校に通った。ただひとつだけ理解できないのは、そんな学校へ行く前からイワナはピアノが弾けたのに、なぜあれやこれやに通ったのか、ということだ。どっちにしたって弾けたのに、ピアノ関連の学校へ通う必要なんてなかったろうに。そうだろう？

そうだとも。

イワナはそのころ、ゴミを捨てにいくとか、そのほかあれこれの家事をする必要がなくて、ピアノ関連の騒音をたてていた。だって、ただ座って、何もせずに、ピアノを弾いているだけだったから。

そうして、騒音をたてていたのだった。

ジェブラークも太鼓関連であれやこれやの学校に通った。これもとても奇妙な話で、なんだって太鼓関連の学校などあるのだろう。だって、ぼくたちピオネールの組織には太鼓手がいて、太鼓関連の学校に行っていなくたってとても上手に太鼓を叩いた。

太鼓のほかにだっていろいろ。

イワナはぼくが何か必要としていないかと、もう十八年間も毎週電話をかけてくる。でも何か必要かどうかなんて、いちいち電話をかけてくる必要はないのだ。だって、ぼくは何も必要としていないし、自分のことは自分でできるのだから。いつも旅行先からいろいろなゲームや、まったく着ないで物置にため込んでしまうような服を持って来る。ぼくは物置だって持っているのだ。ゲームの名前は、「戦争」とか「白と黒」とか「ムーラン」とか「魚」とかいって、テレビの中に差し込むものだ。そのほかにもいろいろ。でも、ぼくはそれらをまったく必要としていない。まったく必要としていないのに、どうしてそれらが必要なのだろう。そうだろう?

そうだとも。

で、それらを物置に入れておくと、ときどきマルギタがそこから取り出して売り払い、売り上げをぼくにくれる。でもぼくはマルギタから売り上げをもらう必要すらない。自分で取っておけばいいのに。ときどきかのじょには、その金で亭主のヴァレント・アンカに何かアルコール関連のものを買ってあげるようにと言う。

だって、ぼくは日曜日にかれらの食卓でお昼を食べているのだし。そのときいつもヴァレント・アンカは、ぼくが義理の弟だと言う。でもときどき荷車を引いていて出会ったりすると、まるで見ていないようなふりをすることがある。あるいは見ていても、ぼくのことが分からないふり。どんなふりでも好きなようにすればいい。ぼくにはどうでもいい。みんながぼくを尊敬していて、尊敬しているからぼくに向かって叫んだりはしないのだから。

運転中のひとだってぼくには敬意を払う。

昔、コマールノにベッゼク・フランチシェクという名前の男がいて、かれはぼくを重んじてくれていたけれど、最後には大型トラックの運転手にまで出世した。かれはいつもトラックのクラクションを鳴らしライトを点滅させてあいさつするほどぼくに敬意を払っていて、ぼくもいつもかれに叫び返した。

ベッゼクのフェロ[*1]たち、最高の運転手たち。

ほかのベッゼクのフェロは知らないけれど、そうしないと韻がきちんと踏めないから。

これにたいして、かれはいつも窓を開けて、キャンディーやらガムやらそのほかいろいろを投げてくれた。ぼくはそれを拾って食べた。だって、ぼくはキャンディーとかガムとかそのほかいろいろが好きだから。でも、ベッゼク・フランチシェクはほかの人たちにもそうしていた。だって、かれは人間関連で親切だったからで、お菓子をみんなに投げていた。共産党があったころ、トラックを走らせて、当時なかったものをみんなに運んでいた。

＊1　フランチシェクの愛称。

みんなそのせいでかれのことが好きだった。

ぼくもそのせいでかれのことが好きだった。

あるときかれはトラックでルーマニアへ行った。行く用があって行ったのだが、道ばたを歩いていた人たちに同じようにキャンディーとガムを投げた。道ばたを歩いていた人たちはそれを求めて殴り合いになり、ようやくベッゼク・フランチシェクはその道ばたの人たちがふつうの人たちではなくて、行列して歩く葬式の人たちだと気づいた。かれらがキャンディー関連でひどく飢えているらしいのが気の毒で、両手いっぱいのキャンディーを行列にむかって放ったところ、行列はもうまったく葬儀を放り出してしまって拾い集めだした。拾い集めようとして、みんなが地面をはい回った。いちばん悲しんでいるはずの人たちも、神父さまも、そのほかの人たちもはい回ったけれど、カンオケだけはひとりじっとしていた。カンオケがひとりで動けないのは、もちろんよく理解できる話だ。そうだろう?

そうだとも。

ベッゼク・フランチシェクがもうありったけを投げてしまって、でもみんなはもっと投げて欲しくて、しかしもうないのだからかれは投げなかった。だけれど、その人たちはまだ持っていると信じ込んで、トラックとベッゼク・フランチシェクを叩き始めた。かれは驚いて逃げ出そうとした。でもできなかった。だって、逃げられないようにみんなはトラックの前にカンオケを置いてしまったから。それからトラックの窓を壊し始めた。ベッゼク・フランチシェクは恐怖に駆られて、そのカンオケをトラックで踏み越えた。だって、それ以外にどうしていいか分からなかったから。まあ、もう死んでいるのだから死者にとってはどうでもいいことだったろうけれど。

葬儀の行列は踏みつけられた死者にはかまわず、キャンディーとかガムとかそのほかいろいろをずっと探し回っていた。

探すほかにもいろいろ。

それからはもう、ベッゼク・フランチシェクはみんなにキャンディーを投げなくなった。みんなはその事情を理解できた。で、理解できる、と言っていた。

ぼくにもそれは理解できた。

ベッゼク・フェロはぼくにキャンディーを投げてくれる必要なんてないのだ。ぼくは二百個だって自分で買えるのだから。

キャンディーのなかで、カルロヴィ・ヴァリ製のゴーフレットがぼくは好きだ。もっともゴーフレットはキャンディーとは違うけれど。ぼくは「甘いものダイエット」をやっている。だって、塩分の濃い食事関連で、ぼくは身体障害者なのだから。そのためお昼を食べに病院に通っている。塩分の濃い食事関連の障害者ということで。ぼくのためにその手続きをしてくれたのはグナール・カロル博士で、だってかれは親友だからだ。

きのうぼくは労働組合会館の前でダリンカ・グナーロヴァーを見かけた。いまは労働組合ではなくて、マチツァ・スロヴェンスカー[*1]の建物だけれど。ぼくもマチツァ・スロヴェンスカーに入りたかった。マチ

＊1　スロヴァキアの民族啓蒙団体。

ツァはとてもすばらしいから。マルギタもヴァレント・アンカもマチツァ派だ。イワナとジェブラークはマチツァ派ではない。だって、かれらは別の人たちだから。

ダリンカ・グナーロヴァーは金色の靴を履いていた。

ウソをついているわけではない。ほんとに金色の靴を履いていて、その金色だけでは足りなくて、身体障害者の履物みたいに金色のひもで結んであった。ひざのところまで全部金色だった。

ぼくはコマールノでもテレビでも、誰かが金色の靴を履いているのは一度も目にしたことがない。イワナだって、ブラチスラヴァのたいした芸術家で、世の中の誰も着ていないようないろんな服を着るけれど、金色の履物は履かない。かのじょでさえ履いていないのだ。だから、その金色の履物のせいで、いったい何がなんでどうなっているんだろうと驚いてしまって、ダリンカ・グナーロヴァーを見たのに見ない振りをしてしまった。

イワナもときどき誰ひとりとして着ないようなものを身につける。たとえば、レコードでは白いえんび服を着ている。女性で白いえんび服など、レコードであろうが世の中のほかのどんな場所であろうが身につけたりしないだろう。イワナだけがそんなものを着るのであり、ひとがしないようなことをなぜするのか誰にも理解できない。だって、ひとがしないことはするべきではないのだから。そうだろう？

そうだとも。

オトおじさんもひとがしないことをしたけれど、おじさんについてははっきりしていて、だって例の肩から入って足から抜けた稲妻のおかげで神経関連の障害者だったから、わざとするのではなくて障害のせいだとみんなには分かっていた。神経のせいなんだ、と。オトおじさんが稲妻に打たれたのは、第二次世界大戦中のソビエト連邦の小屋の中でのことだった。だって電信兵だったから。それは電話器を使って電話をするひとのことだ。つまり、それが電信兵。

オトおじさんはソビエト連邦のバラハシカの小屋で電信兵をしていた。バラハシカはソビエト連邦にあるひとつの村だ。電話をしているときにおじさんは稲妻に打たれた。気がついたとき、実際は気がついていないのだと分かった。だって、自分が倒れたドアの前に横たわっていて、同時にその横たわっているからだの上に浮かんでいる、つまり自分自身の上に浮かんでいたのだから。

オトおじさんは、床に倒れていて、同時に床の上に浮かんでいたとみんなに言ったけれども、だれひとり信じなかった。オトおじさんは神経関連の障害者だったし、その証明書も持っていたから。それに、自分は使命を与えられていてみんなを救いたい、とオトおじさんが言うのがみんなの気にさわった。

使命を与えられていてみんなを救いたい、というのはぼくの気にもさわった。

でも、気を悪くさせないようにと、誰もかれと言い争おうとはしなかった。

ぼくもかれと言い争わなかった。

だけど、この一件でとても重大なことは、いまはテレビでいろんなひとが、なにがどんなふうだったとか、どんな経験をしたとかいろんなことを話すので、ひょっとしたらオトおじさんのソビエト連邦での話もほんとうだったかもしれない、と思えるときがあるという点だ。でも、当時はテレビでもそんなことは聞いたことがなかったし、みんなも話していなかったから、人びとはそんなことがありえるなんて思わなかったのだ。

ぼくも思わなかった。

オトおじさんもひとがしないことをしたけれど、おじさんについてははっきりしていて、だって例の肩から入って足から抜けた稲妻のおかげで神経関連の障害者だったから……

オトおじさんが言うには、自分の体がバラハシカ村で横たわっているあいだ、とても長くその上に浮かんでいたものだから、キノコ関連の学校へと運ばれた。そのときそこにひとりの教師が来て、いまよりキノコ関連の使命を担うことになるとオトおじさんに告げた。世界平和のために、キノコの使用に関してすべての人々が同志となるように、と。

オトおじさんが自分のからだに戻り、やがてソビエト連邦から祖国に戻ると、世界中の人びとみんながキノコの使用に関して同志になるようにとおじさんは望んだ。でもみんなはかれの言うことが理解できなかったり、笑い者にしたりした。

ぼくは笑い者にしたりしなかった。だって、そのころまだ生まれていなかったから。

かれが神経関連の障害者ということになったのは、その後のこと。

オトおじさんは人びとを、人類を助けようとしたけれど、人びとのほうはかれを信用しなかったので、だいたいは一般の医者のおかげで死にそうになっている人びとだけを救済することになった。

ぼくの母が背中の痛みがひどくて、座ることも歩くこともできなかったとき、つまり横になっているか立っているかしかできなくて、子供たちも立ったまま教えていたとき、金銭的にぼくたちは貧しかったので、とうとう母はオトおじさんが治療することを許した。おじさんはずっと前から治療したがっていたけれど、母が望まなかったのだ。だって、怖かったから。

オトおじさんは一日で母を治してしまった。

ただ治療の前に、もう二度と匂いの感覚がなくなると母に言った。でも母にとってはそんなことはどうでもよかった。背中の痛みのせいで座ることも歩くこともできないのだから、匂いの感覚があるかないかなんてどうでもいいと答えたのだった。

オトおじさんの母への治療は以下の通り。

おじさんはふたつの椅子を持って来ると、その上にハシゴを置いた。そしてそのハシゴの上に母をうつむけに縛り、片手と片足もハシゴの下に縛りつけた。

かなり変てこだった。

それから床の上の、母の頭の下になるところにコンロを置いた。コンロの上にはなべを置いた。なべの中には水を、水の中には赤キノコを入れた。赤キノコとは全体が赤色のキノコのことで、名前も赤キノコといった。外側も内側も赤色だった。まるで赤い絵の具のように赤かった。

赤キノコはコンロの上の、鍋の中の、水の中で煮られて湯気を出し、母はうつむけにハシゴに縛りつけられたまま、その湯気を吸い込まなければならなかった。母は翌朝まで湯気を吸引するためにぶら下げられていて、おかげで失神して、そのことに父はすごく腹を立てておじさんを殺そうとしたけれど、おじさんは使命をになっていると信じているのでまったく平然としていた。

その後母は意識が戻り、死なずにいるあいだはもう人生で二度と病気にかからず、背中の痛みの病気にもならずにすんだ。ただ、匂いの感覚がなくなっただけだ。

それからというもの、オトおじさんはわが家で尊敬されたけれど、おじさんはそれについて無関心だった。だって、いつもキノコを採りに外に出ていたから。

母は匂いの感覚がなくなってから食べ物の味も感じなくなり、以来、母が料理をするとぼくたちが味見をしなければいけなくなった。だって、正しい匂いの感覚がなくなってから舌とのどの感覚も一緒になくしてしまった、といつも言っていたので。どんな食べ物も古紙のような味だと言っていたけれど、古紙がどんな味がするのかをどうやって母が知ったのかは分からない。母が古紙を食べているのは見たことがないし、家族の誰も古紙を食べたことはなかったから。だって、古紙は体に良くないだろうから。

オトおじさんが母の背中の痛みを治してから、父はおじさんに、れっきとした名前もついているぼくの病気についても治療していいと言った。おじさんはずっと前から治療したがっていたけれど、両親が望まなかったのだ。だって、怖かったから。だって、治すけれども、初めにぼくがふくれあがって黒くなり、耳から緑色の液体が流れて、腐っているみたいな匂いがするだろうと言ったから。でも、そのあとで気がつけば、新しく生まれ変わったようになるのだそうだ。

しかし両親はそれを聞いてすっかり肝をつぶしてしまった。だって、もしうまくいかなくて、ぼくがふくれあがって黒くなったままで、耳から緑色の液体が流れたままで、しかも腐っているみたいな匂いがしたままになったらどうなるのだろう。で、両親は、れっきとした名前のある病気持ちのままでいたほうがましだ、とおじさんに言った。だって、誰が見たってぼくは病気に見えないし、コマールノだけでなくスロヴァキア全土のほかのあらゆる人たちのようにまったく正常だからだ。そうだろう?

そうだとも。

やがてオトおじさんは、その病気に関してもうぼくを治療できないと告げた。治療するには年を取りすぎてしまったからで、それでぼくを治療しなかったのだけれど、ぼくは気にしていない。だって、ぼくはほかのみんなとまったく同じようだし、それなら名前もついている病気があることなんて気にならない。

ぼくは働き者だから、どっちみちみんなはぼくを尊敬してくれるし。かつて、まだぼくが「サムコ・

ターレ、ウンコターレ」とはやされていたとき、オトおじさんに治療されなくてほんとうによかったと思ったものだ。だって、それは真実ではないけれど、ただ韻を踏んでいるだけだけれど、ただはやしているだけだけれど、実際に臭ったらと思うと。そうだろう？

そうだとも。

ぼくは誰がはやし立てたのか、いつもグナール・カロル博士に言いつける。あとで問題になってもかれらは仕方がないのだ。はやし立てるべきではなかったのだから。でもいまはもうはやし立てたりしないけれど。ただ、市場でぼくのダンボールを盗むあの雌ネズミ、ジプシーのアンゲリカ・エーデショヴァーはときどきはやし立てる。もし止めないようならいまに見ているがいい。ジプシーの雌ネズミ、アンゲリカ・エーデショヴァーめ。

ただひとつだけ理解できないのは、どうしてコマールノにはジプシーがたくさんいるのだろう。コマールノだけではなくて、この世の中に。だって、どうして世の中にジプシーがいるのかだけは理解できないから。ぼくはいてほしくない。どこかへ、たとえばかれらがやってきたジプシーの国へ行ってしまえばいい。だって、かれらがここに来たから、市場で雌ネズミのアンゲリカ・エーデショヴァーがぼくのダンボールを盗むわけで、かのじょは言いつけられることになるだろう。ぼくのダンボールなのだから。雌ネズミのアンゲリカ・エーデショヴァーめ。

ぼくはアンゲリカ・エーデショヴァーが嫌いだ。

かのじょは禁止されるべきだ。禁止される以外にだっていろいろ。

ぼくのほかにジプシーを嫌っているのはヴァレント・アンカとマルギタで、子供たちを孤児院に送る関連の仕事をしているものだから、仕事場で見聞きすることといったら、もう立派な小説が書けるほどだといつも言っている。だけど、マルギタは小説を書いたことがない。だって、芸術にたいするセンスがないから。

たとえば、ぼくには芸術にたいするセンスがある。そのおかげでぼくは作家なのだ。たとえそれには腕が痛くなるというたいへんな困難が伴うにしても。だって、執筆関連の機械を使う人たちと違って、ぼくは手で書いているから。だってぼくは機械を持っていないし、作家をするのは今回でまだ二度目なのだし、機械は必要ないからだ。ぼくはとてもつつましいので、書くのに機械は必要ない。おかげでぼくは相当に金持ちだ。執筆関連の機械を二百台だって買えるだろう。でも買わない。ぼくはつつましいから。

つつましいだけでなくほかにもいろいろ。

我が家のみんなもつつましかった。母が障害年金暮らしで、イワナがピアノの学校暮らしだったおかげで、お金関連で貧しかったから。で、ぼくたちはつつましくて、父は学校から余りものを、たとえば野菜を持ち帰った。父は技術家庭関連の教師で、学校の菜園でも教えていたからで、持ち帰られた野菜が家にはしょっちゅうあった。ぼくたちはとてもつつましかった。

いつもお昼のとき、父はぼくたちのお昼にいくらかかったかを計算した。で、学校の菜園の野菜はタダだったから、お昼はタダですんだとみんなで喜んだ。

ぼくも喜んだ。

野菜はとっても健康にいいから。

でも、なにより健康にいいのはケフィアだ。だって、それはたいへんに健康にいいのだから。

消化が良くなるように、ぼくたちはいつもケフィアを手作りしていた。なにしろそれはたいへん健康的だから。父はつねづね、ケフィアを発明したのはモンゴル人で、そのことからいかにモンゴル人が文化的国民であるかが察せられると話していた。なんといってもケフィアを発明したのだから。ケフィアのことだけでなく、かれらはモンゴルからハンガリー人を追い出した。世界で誰ひとりとしてハンガリー人が好きなひとはいない。だって、かれらはハンガリー人なのだから。世の中の誰もがスロヴァキア人のことは好きだ。だってスロヴァキア人なのだから。

世界で最高なのはスロヴァキア人で、スロヴァキア語が世界でいちばん美しい。

学校でもそう教わったし、テレビでも世界でスロヴァキア語がいちばん美しいと話していた。

それはスロヴァキア語がĽ[*1]を持っていることからも明らかだ。Ľは世界でいちばん美しい文字だ。だって、とてもきれいだから。たとえばチェコ語は世界でいちばん美しいことばではありえない。Ľがないからだ。だからスロヴァキア語は世界でいちばん美しい。Ľを持っているのだから。

世界でいちばん笑えることばはハンガリー語だ。

それは、誰かがハンガリー語なまりで話すとてもこっけいであることから明らかだ。みんながそれですごく楽しめる。それはとても笑えるから。

ぼくもそれですごく楽しめる。それはとても笑えるから。

それで楽しめなかったのは、世界でアルフ・ネーヴェーリただひとりだ。でもかれは、世の中の面白いことなんにたいしても楽しまなかった。だって、かれにはユーモアがなかったから。ハンガリー語ときたらとてもユーモラスなのに。

かれは民族籍に関しても相当に変てこだった。だって、民族籍はケルト人と文書に記していたから。そんなことを書いていいものかどうか、ぼくには分からない。だって、ケルト人というのが誰で、スロヴァキアで何をしているのかとか、そのほかいろいろなことが分からないから。だから、文書に、民族籍ケルト人と記すなんて、何がなんだかさっぱりだ。

かなり変てこだ。

でもひょっとしたら、誰もかれに教えてくれなかったので、本当の民族籍が分からなくってそう書いたのかもしれない。だって、どう見てもハンガリー系の名前だったから、自分のことをハンガリー人だとは思われたくなかったのだろう。

イワナがぼくにアルフ・ネーヴェーリはスロヴァキア人だと言ったけれども、もしそうだとしたら、民族籍ケルト人、と書いたりすることがあると思うほど、ぼくは阿呆ではない。

そうだろう?

そうだとも。

だって、スロヴァキア人なら誰だってスロヴァキア人であることに誇りを持っているからだ。

ぼくもスロヴァキア人であることに誇りを持っている。

ただこの件で非常に問題なのは、オママのおばあさんが半分ハンガリー人で、チョンカ・エステルとい

＊1　軟らかいLの音。

う名前であったことだ。そのせいで、ぼくらはもう最良のスロヴァキア人とはいえない。世界で最良のスロヴァキア人だったのは、ジェトヴァ出身のぼくの祖父であり、だってそこにはこの世で最良のスロヴァキア人たちがいるからだ。

いま世界で最良のスロヴァキア人なのは、家族の中で言えば、父の兄弟であるジェトヴァ出身のサムエル・ターレだ。次いでヴァレント・アンカとマルギタ。イワナはまるきり良くないスロヴァキア人で、かのじょのことをみんな恥じている。

ぼくもかのじょを恥じている。

でも、それ以外、我が家はみんないいスロヴァキア人だ。半分ハンガリー人で、チョンカ・エステルという名前だったオママのおばあさんを除けば。

オトおじさんもあまり良いスロヴァキア人ではなかった。だって、民族的観点を抜きに、人類全体をキノコ関連で助けようとしていたから。ただ、神経関連の障害者だったし、民族的観点はおじさんにとって義務的なものではなかった。だって、当時まだ、それは義務ではなかったから。

ぼくの友だちはいつもスロヴァキア人だった。といっても、ぼくにはあまり友だちがいなかった。というか、ひとりだけしかいなくて、かれはハンガリー人だった。かれの母親がハンガリー人だったから。かのじょはとても長い髪をしていて、そのままにしておくとスカートのすそまであった。

かのじょは長い髪だけでなくて、トンコと暮らしているのに夫がいないことでも風変わりだった。夫がいなくて独身で、つまり結婚していなかったから。ほかにぼくは、ダリンカ・グナーロヴァーと友だちだった。

きのうぼくは、労働組合会館の前でダリンカ・グナーロヴァーを見かけた。一方通行の道路の脇にある歩道の上に立って、ぼくのことを眺めていた。でもぼくはもたもたしてしまって、どうしていいか分からなかった。だって、何がなんだか分からなかったから。で、どうしていいか分からなかったので、ぼくは立ち止まった。そのとき、ハンドルを交通標識にぶつけてしまって、バックミラーが折れて地面に落ちたのだった。ふだんぼくはとても器用で、一度だってバックミラーを折ったことなどなかった。だってぼくはとても器用だからで、とても器用なのにもかかわらず、どうしてちょうどそのときに折ってしまったのかが分からない。

生涯一度も折れたことがなかったのに、折れてしまうなんてとても変てこだった。

ダリンカ・グナーロヴァーはもともと学級委員長で、とても白い歯をしていた。かのじょはクラスの誰とでも、ぼくとでも友だちになったけれど、たぶんいちばん友だちになりたがっていたのはトンコ・セジーレクとだった。かれはクラスの女の子たちにいちばん人気があったから。私生児ではあったけれども。たとえそうであっても、かれは背が高くて、クラスで一番高くて、体育関連ではいちばんすぐれていて、そのせいでクラスの女の子たちにいちばん人気があった。

ぼくは腎ぞうのおかげで体育を免除されていて、体育関連ですぐれているかどうかを知られることはなかった。体育関連でぼくはとてもすぐれていたのだけれど。

でも、トンコはダリンカ・グナーロヴァーとよりも、ぼくと友だちになりたがった。かれはダリンカ・グナーロヴァーに関心がなかった。かれはぼくに関心があって、世の中のいろんな珍しいことについてぼくに話してくれた。かれが十四歳の誕生日を迎えたら、父親がやって来て、上の人たちが幸福な生活ゆえにいかに幸福かをぼくたちに見せてくれる、といったようなことだ。ぼくもトンコと一緒に給水塔に行くのだと、いつも言っていた。ぼくたちと一緒にダリンカ・グナーロヴァーもそこに行くとは、一度も言わなかった。かれはかのじょに関心がなかったからだ。でもたまに、ふたりがおたがいに見つめ合っているのにぼくは気づいたけれど。トンコはダリンカ・グナーロヴァーに関心がないと言っているのに、なぜ見つめ合っているのかということについてどう考えたらいいのか、ぼくには分からなかった。

その後ふたりのことはグナール・カロル博士に告げられて、博士は然るべき対応をした。その後でトンコは給水塔から落ちて、落ちたせいで即死した。

カンオケの中で死んでいるひとはいままでにたくさん見たことがあるけれど、ただ死んでいるひとは生涯でアルフ・ネーヴェーリしか見たことがない。かれを発見したのはぼくだったからで、そのときは戸じまりが全部できているかどうか見に行ったのだった。ぼくはとても用心深いから。特に火事と泥棒関連ではとても用心深くて、だからアルフ・ネーヴェーリがぼくのところに引っ越して来たとき、部屋の鍵をひとつもらっておくとかれに言ったのだ。ぼくはとても用心深くて、きちんと戸じまりしてあるかどうか何度も確かめるからだ。それで毎晩、アルフ・ネーヴェーリがきちんと戸じまりをしたかどうか、見に行ったのだ。もし戸じまりをしていなかったら、それは一大事なのだから。

荷車を放っておかなければならないときだって鍵をかける。もし鍵をかけなかったら盗まれてしまうかもしれない、ということは誰にでも明らかなことだから。そうしたら荷車なしで歩かなければならなくなり、荷車なしではぼくは歩かない。だって、荷車に積んだダンボールのおかげでぼくは働き者なのだから。

で、ぼくはアルフ・ネーヴェーリに、戸じまりしてあるかどうか毎晩見に来る、ぼくはとても用心深いからと言った。初めてアルフ・ネーヴェーリと会ったときに、ぼくに次のように言ったこともかなり問題だった。

「初めまして、ターレさん」

とても変てこだった。

みんながぼくを尊敬しているけれども、コマールノでは誰もぼくに向かって「ターレさん」とは言わないから。「サムコ」あるいは「サムコ・ターレ」とは言うけれども、「ターレさん」とは言わない。だって、ぼくの父もジェトヴァの祖父も「ターレさん」なのだから。それで、ぼくに「ターレさん」と言ったので、ぼくはすっかりたまげてしまった。だって、とても変てこだったから。

テレビでも、いちばんていねいな人間はいちばん危険だから、そんなひとには注意する必要があると言っていた。そんなわけで、ぼくは鍵を取っておいたのだ。ぼくはとても用心深いのだから。

そんなわけで、ぼくは戸じまり関連を確かめに行った。で、きちんと閉まっていなかったからぼくはとても腹を立てて中に入った。そして、椅子に座りテーブルに向かっているかれを発見したのだった。机の上には白紙の紙があった。

かれを見つけたとき、ぼくはまずはとても怒っていて、それからお腹が痛くなるくらい怖くなった。ぼくは腹を立ててはいけないのに。アルフ・ネーヴェーリが何をやろうとしているのか知っていたならば、ぼくだって心の準備ができたろう。でも、まるで予期せず、かれが座っているのを見つけたのだ。まるで何かをじっと見つめるように目も開けていた。でも、ただ開けているだけで、何も見つめていないのはすぐに分かった。まっさきにぼくはブラチスラヴァのイワナに電話をした。アルフ・ネーヴェーリのことはかのじょが思いついたことなのだから、かのじょがきちんと片付けに来るように、と。だって、ぼくはとても怒っていてお腹が痛かったから。

ぼくは何ひとつ怖いものなどないけれど、なぜ病気でもないのにかれはぼくのところで死んだのかと、みんなに問われるのが怖かったのだ。かれが病気だなんて誰もぼくに話してくれなかったから、かれが病気だなんて思いもよらなかった。だって、ひとは何がなにやらさっぱり分からずにいるときに問題にされてしまうのだから。

昔、コマールノにひとりの女がいて、ラタイネロヴァーという名前だった。かのじょはとても知性的だったけれども、不器量なうえに豊満というにはほど遠い胸をしていたせいで、独身でオールドミスだった。かのじょはプールのそばに住んでいたが、あるときホニロヴァー・ノラという名前の隣の女のひとが呼び鈴を鳴らして、ベランダから景色を眺めさせてもらっていいかどうか、かのじょにたずねた。ラタイネロヴァーは許可したけれど、ホニロヴァー・ノラはベランダから景色を眺めたかったわけではなくて、コマールノ出身者だけで作られた踊りのグループ、「ダンシング」で踊っている男のことで飛び降り自殺を試みたかったのだ。ホニロヴァー・ノラはこの飛び降り自殺のおかげで死んでしまった。だって、八階からだったから。

その後、ラタイネロヴァーは大きな問題を抱え込むことになった。だって、景色を眺めるのをホニロヴァーに許可するなんて、とんだお利口さんもあったものだと、みんながかのじょを非難したから。八階のベランダから景色を眺めるためだけに隣人を訪れたりするひとなどいるものではない、と気づくべきだったと。ラタイネロヴァーは誰もそんなことに気づきはしないだろうと反論したけれども、みんなは、かのじょがぼんやりしていたから許可してしまったのだと責めたてた。

踊りのグループ「ダンシング」の男は、まったく非難されなかった。だって、それでなくてもかれには私生児がひとりいて、そのことからもいいかげんな男なのだから、だれもかれを非難する気になれなかったのだ。どうせ今度のこともいいかげんなのだろうから、と。

そういうわけで、ラタイネロヴァーが非難されたのだった。かのじょはいいかげんではなかったから。ただ不器量で、豊満というにはほど遠い胸をしていたただけだ。

その後、ノヴァー・ストラーシの母親のところに引っ越してしまった。そこはコマールノ近郊の村だ。でも、そこでもかのじょは非難された。ぼんやりしていて許可してしまったのだ、と。

ぼくもかのじょを非難した。

ラタイネロヴァー・アンナという名前だった。

だから、病気ではなかったアルフ・ネーヴェーリがぼくのところで死ぬことをなぜ許可したのかと、みんなに言われるのが怖かったのだ。それでイワナに来てくれるように電話したのだが、ぼくの電話をかのじょは信じなかった。ぼくがただ思い込んでいるだけだとかのじょは思ったのだけれど、ぼくはただ思い込むような阿呆ではない。ぼくはアルフ・ネーヴェーリがぴくりともせずに、ただ目を見開いているのを見たのだ。

ぼくはかれに触れなかった。怖かったし、おかげでお腹も痛かったから。で、ぼくは、イワナが来てきちんと処理して、手続きを進めてくれるのを待つことにした。きちんと片付けることも、手続きを進めることもかのじょならば知っていたので。マルギタに電話することもできたし、かのじょも手続きをすることができたけれど、やってはくれなかったろう。だって、かのじょはアルフ・ネーヴェーリが部屋を借りることを望んでいなかったから。だって、自分の息子たちのためにその部屋を欲しがっていたから。でも、アルフ・ネーヴェーリが月に四〇〇〇コルナを支払うとイワナが言ったら賛成した。それでも、部屋を貸したことで気を悪くしていた。

イワナはプラチスラヴァからものすごいスピードでやってきた。だって、車を持っているからで、ものすごいスピードで飛ばすから。夫のジェブラークも車を持っている。かれらはそれぞれ一台ずつ車を持っている。つまり、車を二台持っている。

ぼくは一台の車も持っていない。二百台だって買うことができるのだけれど。だって、ぼくは貯蓄をしているし、無駄遣いをしないから。でも、車なんて一台も必要じゃない。働き者なので、車なんて持つ時間はないのだ。

コマールノのほかのひとたちもいろいろな車を持っていて、二台持っている人たちだっている。たとえみんなが車を持っていたところで、ぼくはうらやましくなんか思わない。かれらはぼくを優先走行させてくれない。ぼくだって道路交通の参加者なのだから優先走行させてくれるべきなのに、その必要がないと思っているのだ。ぼくが荷車だからだ。

でも、その必要はあるのだ。もし優先させてくれないと、ときどきぼくはナンバーを書きとめておいて、優先してくれなかったと言いつける。たとえば、病院前の大きな交差点で。

ただひとつ理解できないのは、病院前の大きな交差点では、ぼくを優先しなければいけないのに、どうしてそうしてくれないのだろう。

ただひとつ理解できないのは、病院前の大きな交差点では、ぼくを優先しなければいけないのに、どうしてそうしてくれないのだろう。

だってぼくは優先権を持っているのだ。ぼくも道路交通の参加者なのだから。

やがてイワナがやって来て、ぼくのことばを信じてくれて、手続きを取り始めた。そのあとで、かのじょが夜中にトイレで泣いているのを見た。

すべての手続きが済んで、かれが運んで行かれたりとかいろいろあったけれども、埋葬については認められなかった。だって、死因が不明だったから。死因なしに死ぬひとはいないので検査が必要だと言われて、ノヴェー・ザームキ市[*1]に送られてしまった。死因を調べる人たちがそこにいるから。その後、心ぞう停止だったと書いてよこした。

イワナのトイレでの泣きっぷりは以下の通り。

ぼくはよく夜中にオシッコをしに行く。だって、ぼくは腎ぞうの障害者だから。あるときまたオシッコをしに行ったら、そこにイワナがいた。便座に座っていたのではなくて、床に座って泣いていた。目を開けて、でも何も見ていないのが分かった。頭をトイレの壁にもたせかけ、叫んでいなかったけれどまるで叫びたがっているように大きな口を開けて、ただ泣いていた。涙とよだれと鼻水が顔じゅうに流れていて、それを壁でぬぐおうとしているみたいに顔を振っていた。

ぼくはとても驚いた。葬式でもテレビでも世の中のほかのどんな場所でも、そんなふうに泣くのなんて見たことがなかったから。イワナの泣きっぷりはそれほどのものだったのだ。

健康には良くないけれど、ぼくはオシッコをしないで戻った。

あとになって、何度かイワナが泣いていたのを思い出した。あんなふうに泣くなんてやはりいけないことだ。だって、かのじょはもう四十五歳になるのだから。ぼくより年上なのだから。イワナはまるで若い娘のように泣いていた。それはやはりいけないことだ。もう四十五歳で子供だって三人いて、いつもテレビにだって出ているのだから、それはいけないことだ。

でも、もしイワナがぼくの服装関連とお風呂関連のことで意地悪なときには、アルフ・ネーヴェーリが死んだときどんなふうに泣いたか、ジェブラークに言いつけてやるのだ。だって、ぼくにはすごく気にいらないのだ。イワナがときどきやって来て、ぼくがまるで臭うみたいに部屋の匂いをかいで、いつも新しい服を持って来て、ぼくが衛生的でないと言われることが。アルフ・ネーヴェーリは衛生的だったけれど、それはかれのためにはならなかった。健康面で健康ではあったけれど健康的な生活態度ではなくて、お酒を飲み、タバコを吸い、ケフィアを飲まなかった。そのほかにもいろいろ。

ひょっとして、医者たちが死因を発見できなかったのは、かれを知らなかったからだ。かれは夜中じゅう起きていて、日中寝ていた。逆さま生活だったのだ。もし聞かれたのなら、かれは逆さま生活だったと言ったのだけれど、医者というのはほかのひとが助言しようとするとすごくいらついたりする。だから死因が何か、ぼくは助言したりしない。自力で死因にたどり着けばいいのだ。そうだろう?

そうだとも。

あるとき老いぼれグスト・ルーへに、なぜアルフ・ネーヴェーリが死んだのか聞いてみた。またもやかれはあのタン切りをして、ぴちゃぴちゃと舌を鳴らし、こう書いた。

＊1　コマールノに近い、南西スロヴァキアの中心的都市のひとつ。

「だって」

ただ占うためにだけ占おうとしていたから、それはぼくをとても怒らせ、いらつかせた。だからかれを罵り始めた。アルコールまで一杯要求したあげくに馬鹿げたことを書くのだから。でもじろりとぼくをにらんだので、エリク・ラクにしたように呪いをかけられるのかと怖くなった。それで罵るのをやめた。書きたいように書けばいいさ、老いぼれグスト・ルーへめ。そうだろう？

そうだとも。

どんなふうにエリク・ラクに呪いをかけたのか、またあとで書くことにする。ついまた忘れていたので。エリク・ラクに呪いをかけたとき、みんながかれを恐れるようになって、誰ひとりかれともめ事を起こそうとは思わなくなった。グナール・カロル博士でさえ、もめ事を起こそうとは思わなかった。博士はとてもいい人で、世の中の何ひとつとして恐れていなかったけれど。

きのうぼくは労働組合会館の前でダリンカ・グナーロヴァーを見かけた。例の金色の靴やそのほかいろいろのせいで、ダリンカ・グナーロヴァーに気づかないふりをしたけれど、かのじょのほうはぼくを見て叫んだ。

ぼくに向かってこう叫んだ。

「サムコ！」

そして手を振った。

そのときになってかのじょに気がついたふりをぼくはした。でも、目に入った瞬間に気がついていたのだ。

ぼくはいつだって何にだって気がつくのだ。たとえば、父とマルギタとイワナがジェトヴァの祖父のところに旅行に出かけたとき、ぼくと母は家で絵本を眺めていて、母はたとえばウサギが何匹絵の中にいるか聞いた。いつだって全部のウサギに気がつき、母はぼくが全部のウサギに気がついたことに驚いた。

ぼくが気がついたのはほかにもいろいろ。

父とマルギタとイワナがジェトヴァから戻り、ジェトヴァでどんなことを見聞きしたかを話すとき、いつも母は、ぼくが絵本のなかのウサギ全部に気がついたと話すのだった。

そのことでたいへんほめられた。

歩道のひとにも、ぼくを見て反対側に渡ろうとするひとにも、ぼくは気がつく。そういうひとには、ぼくも気づいていないと思われないように、わざとかれらに向かって叫んでやるのだ。

ウサギにだって全部、ぼくは気がついたのだから。

もし、市場でぼくのダンボールを盗むあの雌ネズミのアンゲリカ・エーデショヴァーが盗むところに気づいたら、そのときは目にもの見せてやる。雌ネズミのアンゲリカ・エーデショヴァーめ。だって、商人たちに中庭のダンボールはぼくのものだと言ってあるのだから、つまりはぼくのものなのだ。ぼくはちゃんと言ってあるのだから。もしほかの人たちがそう言ったのなら、それはほかのひとのものだ。だから、あれはぼくのものなのだ。そうだろう?

そうだとも。

昔、コマールノにひとりの男のひとがいて、かれはいつもダンボールを取っておいてくれた。ぼくがかれに言っておいたからで、そしてかれが良い心を持っていたからで、ミレル・アダムという名前だった。

かれはほかの人にはあげず、ぼくにだけくれた。だって良い心を持っていたから。

ミレル・アダムはとてもつつましい商人だった。だって、三人の娘と母親と奥さんと妹がいたから。みんながひとつところに住んでいて、だからとてもつつましくしなくてはならなかったのだ。ミレル・アダムはつつましく暮らした。よい心を持っていたからで、そのおかげでいつもぼくにダンボールを取っておいてくれた。

だけどその後ひどく重い病気にかかって、あまりに重病だったものだからもう商いはできなかった。あまりに重い病気だったので、ずっと家にいなければならなくなったのだ。病気のせいで、いまわのきわの願いについても考えるようになった。いまわのきわの願いとは、ひとがいまわのきわに述べる願いである。

ミレル・アダムが死んだとき、かれのいまわのきわの願いときたら誰もがフンガイして、ミレル一家が涙を流すようなしろものだった。だって、その願いときたら、ズボンの前を開けて葬って欲しいというものだったから。ズボンから顔を出せるように。あれが。ペニスが。

さらにまた、目に黒いテープを貼付けるようにと願った。もうこの犬ころみたいな種族を見たくない、と。このことばでかれが意味していたのは、犬ころではなくて人類のことだった。おかげで、ミレル一家はみんな涙を流して恥じ入らなければならなかった。そんなことはしてはいけない類いのことだったし、でも、ミレルのいまわのきわの願いであれば、同時にまたしてあげなければいけないことだったから。それで、かれらはどうしていいか分からず、みんなは同情してフンガイした。

ぼくもフンガイした。

もしミレルの願いをかなえたら、墓地全体を侮辱することになって、墓地中がフンガイするだろうから。そこでミレル家の人たちは、ミレル・アダムは重い病気にかかって自分が何をしているか判断できなかったので、かれのいまわのきわの願いはいまわのきわの願いなどではなかった、と述べた。こうして、みんなはひと安心した。

ぼくもひと安心した。

そして、ミレル・アダムは然るべくきちんと埋葬された。そして、誰もがかれのことをとてもつつましやかな商人だったとか、とてもよい心を持っていたとかなどと気持ちよく追想したのだった。

ぼくもかれのことを気持ちよく追想した。

ミレル・アダムは婦人服関連の商人だった。

商っていたのは婦人服のほかにもいろいろ。

あるときアルフ・ネーヴェーリが、みんなにはやし立てられたときにぼくが罵り返すのを聞いて、ミレルのような罵り方だと言ったので、どのミレルかとすごく驚いた。だって、ミレル・アダムはとても良い心を持っていて、みんながかれのことを気持ちよく追想していたのだから。でも、あとからそれは全然違うミレルだと言った。コマールノ出身ではなくてアメリカ出身のミレルで[*1]、この近辺で罵ったわけではなくて本の中でだから、と。それでぼくは一安心した。アメリカのミレルがどんなふうに罵るのか見てみた

＊1　米国の作家ヘンリー・ミラーのこと。ミレルはミラーのスロヴァキア語読み。

いものだと言ったら、かれが持っている本はスロヴァキア語ではなくて英語だと言った。で、アメリカのミレルがどんなふうに罵るのか、ぼくには分からなかった。だって、アメリカはとても遠いから。遠いほかにもいろいろ。

それにしてもひとつだけ理解できないのは、アルフ・ネーヴェーリは世界のあれこれの言葉を知っているのに、なぜあれこれの言葉で書かれていて、とても面白くてすばらしい文句に笑わなかったのだろう。アルフ・ネーヴェーリにユーモアがあったら笑ったに違いない。でもかれにはユーモアがなかったから、笑わなかったのだ。

たとえば、ぼくにはとてもユーモアがある。いくつかジョークを知っていることからもそれは明らかだ。たとえば次のようなジョーク。

ふたりの男性がしゃべっていて、ひとりがもうひとりにいう。「うちの女房はあせ臭い」もうひとりはかれに言う。「うちのは晩も臭い」

つまり汗と朝。一方はあせ臭くて、もう片方はあさ臭い。これはとてもいいジョークだ。だって、一方が汗で片方が朝なんて、かなりの知性が求められる。ぼくはとても知性的だし、加えてとてもユーモアがある。

ただ、みんなが共産党員についてジョークを言うのだけは好きになれない。共産党員について誰よりジョークをとばすのはぼくの父だった。でも、かれはほかの人たちについてもジョークを言った。ユダヤ人やパルチザンやハンガリー人やロシア人についてだ。

「あせ臭いとあさ臭い」のジョークをジェブラークにも話した。だって、このジョークを誰にも話すことにしているし、ぼくはユーモアがあるので。ジェブラークは大笑いした。このジョークにではなくて、自分で以下のような韻を思いついたことに、だ。でも、それは韻のために韻を踏んでいるだけで、別に意味なんてなかった。かれにもそう言った。たとえば、かれが思いついたのは以下のようなもの。

　ウンコ鈍行。

あるいはまた、

　殺し屋のおろし屋。

あるいはまた、

　首領、終了。

ほかにもいろいろ。

こういった韻もいいし、ときどきは喜んで聞くけれど、たとえば次の文句ほどには出来が良くない。

ヴニマーニエ、ヴニマーニエ、コンツェルト・ニェ・ブージェト、パタムーシト、ヴォロージャ・

スピズジル・バラライク。

これはこの世でいちばんユーモラスな文だ。これを口にするとき、いつも大声で笑ってしまう。ジェトヴァのぼくの祖父も、たくさん出来の良いユーモラスな文を知っていた。たとえばこんな文だ。

ケゼト・チョーコロム、チュペラ・ザ・コロム。*1

ほかにもいろいろ。

ジェトヴァの祖父が来るときはつねに父の兄が連れ立っていて、かれらはいつだっていっしょに出歩いていたのだった。だって父の兄は結婚していなかったし、ある災難を経験していたから。で、やって来ると、ケゼト・チョーコロムとあいさつをしているかどうか、ぼくに聞くのだった。

それから父と台所でジェトヴァから持って来たお酒を飲んで、どうしてコマールノにはこんなにハンガリー人が多いのかと必ず聞くのだった。そして、こんなにたくさんのハンガリー人がいなくなるように、ちょいと鉄砲をぶっ放す必要がある、といつも言うのだった。でも、ぼくにしたって、どうしてここにはこんなにハンガリー人が多いのか分からない。だって、誰ひとり、どうしてこんなにハンガリー人がいるのか教えてくれなかったから。

ここのところを書き終えたら、父の兄がどんな災難を経験したのかについて書くことにしよう。

かれらは用事があって、つまりオママが紳士服関連の仕立て屋をしていて、家族全員に服をぬっていたので、背広をぬってもらうために通って来たのだった。

あるときジェトヴァの祖父と父の兄がお酒を持って来て、自分たちと一緒に飲もうとぼくを誘った。でも、ぼくはアルコールを飲んではいけないので、一緒に飲めないと答えた。祖父はぼくが「チョーコロム」とあいさつするうえに、自分らとはお酒も飲みたがらないと言った。そして戸棚から盃を取るとそれにアルコールを注いだ。ぼくはそれを飲み干した。それは戸棚のいちばん手前にあった茶碗で、ぼくたちはそこにロウソクの燃えかすを入れていた。だって、父が燃えかすだっていつか何かの役に立つときがあるだろうと言っていたからで、ぼくはそのロウソクの燃えかすもお酒と一緒に飲み干した。でも、すぐに吐き出した。だって、まずかったから。そのとき父が台所に入って来て、どうして台所で吐いているのかと、すごくいぶかった。で、ぼくはなぜ台所で吐いているのか、分かるように説明した。父はものすごく怒って、ジェトヴァの祖父と兄を家から放り出してしまった。

一時間ほどして気が静まると、父はかれらも腹を立てるのをやめて戻ってくるようにと、母に探しに行かせた。母はかれらを探し当て、戻って来るとそれから朝まで台所でお酒を飲み、すっかり仲直りして、また互いに仲良しになって二度とけんかはしなかった。翌朝の父は、病気なので学校に行けないと母が学

＊1　ケゼト・チョーコロムはハンガリー語の挨拶言葉で「お手にキスをいたします」の意味で、チュペラ・ザ・コロムはスロヴァキア語で「かのじょは垣根の棒の後ろに座った」の意味。垣根のかげでいちゃつき合うことが暗示されている。

校に電話しなければならないほどの有りさまだった。

オママが生きているあいだ、こうしてかれらはよく通って来た。背広が必要だったから。オママが死んでしまうと、その後はもう通ってこなかった。だって、ジェトヴァはとても遠いから。

父の兄がどんな災難にあったのか、書くことにしよう。父の兄があった災難は以下の通り。

まだ若いころ、結婚したいと考えていて、そういう相手の女性もいた。かのじょもジェトヴァ出身だった。いよいよ結婚しようということになり、準備もばんたん整った。結婚式は土曜日に行われるはずで、奥さんになるはずのかのじょは火曜日にキノコを採って、家族みんなの分を持って来た。だって、ジェトヴァにはキノコが豊富だから。

父の母はそれを料理して、嫁になるはずのかのじょにもすすめた。ユーモアがあったから、もし毒キノコだったらそのときはあんたも一緒にあの世行きだよ、と言った。そして、全員がそれを食べた。ジェトヴァの祖父以外は。だって、かれはそのときジェトヴァを留守にしていたから。翌日、ジェトヴァの祖母も嫁になるはずのかのじょも死んだ。父の兄もほとんど死にかけたけれども、死にはしなかった。三週間だけ入院したあと帰宅した。もう健康になったからだけれど、ただ生涯、顔がすっかり紫色になったままだった。

顔が、紫色の絵の具のように紫色だった。

その後二度と結婚しなかった。かれがこうむった災難のせいで、みんながかれを哀れんだ。

何よりもひどい点は、土曜日に結婚式があるはずだったのに、それに代わって土曜日が葬式になったことだった。結婚式があるはずだったのに、その代わりに葬式とはなんて心が揺さぶられることだろうと話した。だって、みんなはとても心を揺さぶられたから。

あとでみんなは最高に美しい葬式だったと話しあった。だって、一度にふたつもカンオケがあって、しかも父の兄までちょうど死にかけていたのだから。しかし父の兄は死ななかった。ただ、別のこんせきが残った。例の紫色の顔であり、そのせいでときどきかれを怖がるひとがいた。自然にそういう色をしているのではなくて、毒キノコのせいだとは知らなかったものだから。

でも運がよかったのは、溶接用のお面を付けていたおかげで、みんながみんなかれの紫色の顔に気づいたわけではなかったことだ。かれは溶接関連の教師だったのだ。だって、ジェトヴァではたくさんの溶接工が求められていたのだから。

うちに来るといつも溶接関連の面白おかしい出来事を話してくれた。たとえば、溶接工が試験で答えたこととかだ。誰かがふらりとやって来て、ぼくは溶接工になる、と言えばすむようなものではなくて、試験によってそれは認可されるものなのだ。なんとなく溶接工になれるわけではないのだ。

試験ではいつも面白おかしい出来事が起こり、そのいくつかはすごく面白くて、そういった話しを二十回もぼくらは聞かされた。たとえば、あるひとは試験でこう答えた。

「もし溶接工のあれがプロテクター[*1]をつけないで飛び出してしまったら、生涯その結果にさいなまれる」

これはすごくユーモラスだ。

＊1　コンドームの意味もある。

あれが出ていたら、生涯その結果にさいなまれる、なんて。

ほかにもいろいろ。

運がよかったのは、かれが紫顔なのを誰かが目にしても、溶接のせいだろうと思い込んだことだ。顔色を除けば、かれは陽気な性格でみんなに好かれていた。

我が家でも好かれていたけれども、オトおじさんとのあいだにだけはかなりの障害があった。だって、おじさんはキノコに関する使命を帯びていたし、もういっぽうのおじさんは当然のことだけれどキノコを憎んでいたからだ。それで、ふたりがけんかをしないように引き離しておいた。会って一緒にいるといつもけんかになったので。

ジェトヴァからお客が来るときは、オトおじさんをオタタとオママのいる奥の部屋へ閉じ込めておいた。その部屋は食料庫としても使われていた。三DKのアパートだったけれども、食料庫は付いていなかったから。つまり、三DK食料庫なしのアパートだった。いまは高いえんとつが立っているところにアパートはあったのだけれど、高いえんとつを建てるために壊されてしまったのだ。

そのころ、オママとオタタとオトおじさんは一緒に暮らしていた。おじさんはふたりの息子だったし、いろいろな点でおじさんは世話をしてもらう必要があったから。

奥の部屋には黒い大理石のテーブルがあって、その上に野菜とか卵とかそのほかいろいろが置かれていた。当時は何気なく冷蔵庫があったりはしなかったから。

ぼくはそのテーブルがとても怖かった。だって、あるときオママがそのテーブルには血がこびりついていると言ったから。ぼくには何のことやらさっぱり分からなかったけれど、それでも怖かった。テーブルは黒くて、天板は大理石だった。ただ椅子は置いていなかった。

オトおじさんを引き離しておくために食料庫に閉じ込めるときには、快適に過ごせるようにと安楽椅子を運び入れた。

訪問客が帰ると、おじさんは解放された。

こうしたことはあっても、オトおじさんはほかに問題を起こさなかったし、みんなに好かれていた。あるときオタタに、どうして大理石のテーブルの上には血のあとがあるのかとたずねた。するとオタタはひどくいら立って、オママはそんなことを口にしてぼくたちみんなを不幸に追いやるつもりか、といきどおった。だけどオママはタバコを吸ったり探偵小説を読んだりと、世の中のおばあさんが誰ひとりしないようなことをするひとだから、ぼくは何がなにやら分からなくて、ただいったいなんの血のあとなのか知りたかっただけなのだ。でもオタタは答えてくれず、オママはみんなを不幸に追いやる、とだけ答えた。それでオママになんの血なのか聞いてみたら、テーブルはピアノといっしょに、ユダヤ人がいなくなったあとに競売で買ったのだと言った。

昔、ユダヤ人がたとえば収容所とかに行ってしまって、家財道具を全部置いていったときにはそれがあとで売り払われたから。だって、収容所のユダヤ人に、たとえばピアノがあったところでどうなるというのだろう。そうだろう？

そうだとも。

オママは、あのテーブルに向かって座ることなどこんりんざいないし、だから野菜が腐らないように、それにどうせ椅子だってないのだから、食料庫に置いたのだと言った。

ら。

ピアノは椅子付きだったけれど、オママは座らずにすんだ。だって、オママはピアノが弾けなかったか

ピアノもやっぱり黒かったけれども、大理石製ではなくて木製で、ペトロフ・グランドピアノという名前だった。部屋にどんと鎮座していて、じゅうたんを傷めないように足には灰皿を履かせていた。もっともじゅうたんは敷いていなかったのだけれど。

ピアノにも血のあとがあるのかどうか、母に聞きたかったが聞かずにおいた。だって、たとえそれが本当の血ではないにしても、ピアノに血のあとがあるかどうかなんて、もう知りたくなかったから。ぼくは阿呆なんかではちっともないし、それが本当の血ではなくて、ユダヤ人の運命に関係した血だと分かっているから。つまり、本当の血というわけではないのだ。

昔、コマールノにひとりの男がいて、かれはユダヤ人でフィンデルキントという名前だった。ぼくはいつもかれに次のように呼びかけたものだ。

ちょん切られたベルト、あんたを吊るすベルト。

だって、かれがアルベルトという名前だったことからベルトと呼ばれていたから。これはとてもユーモラスだった。いつもこれで大笑いした。

ほかの人たちもこれで大笑いした。

あとになってかれはイスラエルへ亡命したのだが、空港で死んでしまった。だって、自分はイスラエル

の地にいるのだと思ったらすごくうれしくて、喜びのあまり空港で死んでしまったのだ。

コマールノにいる時分は自転車を修理していて、ひょっとしてあれはちょん切られていなかったかもしれないけれど、ぼくは「ちょん切られたベルト、あんたを吊るすベルト」とかれに呼びかけた。だって、ユダヤ人についてその話はよく言われることだし、とてもユーモラスなことだから。

ただひとつだけ理解できないのは、どうしてユダヤ人はあれをちょん切らせるのかということだ。だって、それではユダヤ人であることがみんなにすぐに分かってしまって、すぐに収容所に送られたり、そのほかいろいろなことをされてしまう。下着をちょいと下げれば十分で、もしユダヤ人であったらそうではないと言いつくろえない。そうだろう？

そうだとも。

さらにもうひとつだけ理解できないのは、女性はどうやって判別したのだろう。ひょっとして何かの検査をして、それでかのじょたちもユダヤ人だと分かったのかもしれない。

ぼくもしょっちゅういろいろな検査をされる。とくに障害関連、オシッコ関連で。いろんなことをオシッコから調べられるように、と。

いまはもう、みんなはオシッコを笑いものにしない。でもぼくが学校に通っていたころ、校医の先生のところへオシッコを持って行ったとき、生徒みんなが笑った。それはいけないことだ。ピオネールはオシッコを笑いものにしたりしない。ピオネールは立派だからだ。

笑ったりしたら、言いつけられてあとで問題になるだろう。

いいピオネールはたくさんのいい性質を、たとえばオシッコを笑いものにしないとか古紙を回収する、といったいい性質を有しているものだ。いい性質のほかにもいろいろ。
ぼくは小さいころから古紙を山ほど集めて、学校全体で一等賞になり、『ピオネールの心』という本をもらい、校内放送でだって報じられた。当時はなんとなく一等になれたりはしなかったのだ。だって、いまのようにたくさんのダンボールはなかったし、あるのは古紙ばかりで、古紙というのはずっと軽量だから、ピオネール団員はたいそう努力しなければ一等賞になれなかったのだ。しかも学校全体での一等賞、だ。

ぼくはいつも一等賞だった。

ときどき、ダリンカ・グナーロヴァーもほめてもらえるようにと、ぼくが回収したものをかのじょにあげた。だって、ぼくは努力家でいつもたくさん回収していたから。

きのうぼくは、労働組合会館の前でダリンカ・グナーロヴァーを見かけた。

例の金色の靴はかかとがすごく高かったので、かのじょはとても大きかった。ぼくよりはるかに大きかった。もっともそうでなくたって、いつでもかのじょはふつう程度にはぼくより大きかったけれど。かのじょは、たとえばイワナのように大きかったことは一度もなかった。イワナときたらすごく大きくて、コンサートのときには自分用の椅子を持参しなければならなかったほどだ。あまりに大きかったから。

ただひとつだけ理解できないのは、イワナはあんなに大きいのに、アルフ・ネーヴェーリが死んだときに、どうしてトイレであれほど泣いたのだろう。かれはふつうに大きいだけで、ということはイワナよりも小さかったのに。すなわち、イワナがあんなに泣いたのは、かのじょがアルフ・ネーヴェーリより大きかったからだ、というわけではない。

そういうわけではないのだ。

かのじょが大きいのはジェトヴァの祖父ゆずりで、祖父はすごく大きかったので、ドアを通るときに帽子を脱がなければならなかった。父の兄も大きかったが、それほどではなかった。かれらのなかでは父がもっとも背が低かった。

ジェトヴァの祖父は、良きスロヴァキア人はみんなとても大きい、と言っていた。でもそれは真実ではない。だって、ぼくは良きスロヴァキア人だけれど一五二センチしかないし、それは民族のせいではなくて、例のれっきとした名前のある病気のせいなのだ。

身長に特別な意味なんてない。

だからぼくは、だれかが本当はそうではないことを話すのが好きじゃない。だって、そうではないにもかかわらず、みんながそうだと思ってしまうから。

ぼくはとても良きスロヴァキア人であり、とても良きピオネールだった。ただひとつだけ理解できないのは、どうしてちゃんとした赤い色ではなくてオレンジ色っぽいピオネールのスカーフがぼくに与えられたのか、ということだ。みんながぼくのスカーフが世の中のほかのすべてのピオネールのスカーフのようにちゃんとした赤い色でないのを変に思って、ぼくがほかの人たちと違うと考えるのではないかと、ときどき気になった。でも、ぼくは違ってなんかいないし、この世の中のほかのすべての人たちと変わりない。身体障害も腎ぞう関連なのであって、れっきとした名前もある例の病気、つまりその病気になると背も伸びないしひげも生えない病気関連ではないのだ。

だから、違っているなんて考えないで欲しい。

あるときアルフ・ネーヴェーリが、東ドイツのピオネールが同じようなスカーフをしていると言い、写真を見せてくれると言っていたけれども見せてくれなかった。だって、死んでしまったから。かれは奥さん関連ではすでに離婚していて、ほかに誰も身寄りがいなかった。だからイワナがかれの遺品を整理していたとき、かのじょに東ドイツのピオネールの写真を見つけてほしいと思った。ところがイワナときたらまるで頭がいかれてしまったみたいで、ぼくと口を利こうともせず、まるでぼくが遺品をひっかき回すとでも思っているかのように、ぼくを荷物に近寄らせなかった。遺品をひっかき回したいのではなくて、写真を見つけてほしかっただけなのに。

それからイワナは、残ったものを廃品回収所に持って行くようにと言った。でもぼくは持って行かなかった。だって、あのとんちきなクルカンが、ぼくがどこから他人のものを持って来たのかと問題にするのがいやだったから。イワナが自分で廃品回収所に運べばいいのだ。とんちきなクルカンはいろいろと問いただすだろうし、ぼくにはそんな馬鹿話に付き合う時間はないのだ。アンゲリカ・エーデショヴァーの濡れたダンボールは引き取るくせに、ぼくのは引き取らないとんちきなクルカンと話す時間など。ぼくはほかの回収所だって見つけることができるのだ。誰もがぼくを知っていて、かつ尊敬しているのだから。

でも、ぼくはほかの回収所には行かない。だって、いまのところが近いから。近いので便利だから。とんちきなクルカンさえいなければいいのに。

かれはたったのひとかけらのいい性質も持ち合わせていない。

ただひとつだけ理解できないのは、上の人たちはなぜかれをどこかに追い払ってしまわないのか、ということだ。

ぼくはもう何度もグナール・カロル博士に、上の人たちがかれをどこかに追い払ってしまうようにと話した。でもかれは、われわれは民主主義をほしがり、いまやそれを所有しているのだと答えた。ぼくはそんなものをほしがらなかったし、だれもぼくにほしいかどうかをたずねさえしなかった。だから、どうしてグナール・カロル博士がとんちきなクルカンを回収所から放り出すように手配できないのか、理解できない。ぼくは民主主義なんてほしくなかったのだから。

博士は先生がぼくを特殊教育校に入れようとしたとき、そうしないように手配してくれた。あのときオタタがかれのところに行って、先生が特殊教育校に入れようとしているけれど、ぼくは行きたがっていないと話した。だって、あそこは阿呆ばかりが通う学校で、ぼくは阿呆などではちっともなかったし、グナール・カロル博士はぼくの友人でもあったから。

オタタもぼくが特殊教育校に通うのを望んでいなかった。だって、オタタは共産党に入っていて、もしぼくが特殊教育校なんかに通ったら恥ずかしかったからだ。だって、そこに通うのは阿呆だけなのだから。

オタタは地区組織にいたけれど、そこにいたのはもう年金生活者であるにもかかわらず、共産党に属していたい人たちだった。オタタは地区組織のために作ったノートを持っていて、そこにいろいろと書き留めていたが、それはとても重要なもので一度もぼくはその中を見ることができなかった。罫線がついていないノートだったにもかかわらず、それはとても重要なものだった。

そういうわけもあって、ダリンカ・グナーロヴァーのおかげでぼくとは同級生みたいな関係にあるグナール・カロル博士のもとに、オタタはぼくを特殊教育校に入れないようにと出向くことができたのだ。

で、博士はぼくの友人だったから、ぼくを入れたりしなかった。いきさつはざっと以上の通り。

きのうぼくは、労働組合会館の前でダリンカ・グナーロヴァーを見かけた。かのじょはぼくに声をかけて、手まで振って、道を渡ってぼくのほうにやって来た。だって、ぼくは荷車があったので、かんたんに反対側に渡れなかったから。だからかのじょが渡って来た。それから言った。

「サムコ、あんたなの?」

かのじょは実際に、ぼくがぼくであるのかどうかと考えていたわけではない。でも、ぼくはどう答えていいか分からなかった。だって、ぼくがぼくであるのは当然分かることだからで、コマールノにほかに同じひとはいないのだから、ぼくはぼくでなければならなかったからだ。ただぼくはその問いかけにどう答えていいか分からなかった。

コマールノにはほかにもダンボールを運んでいる人がいる。たとえばあの雌ネズミのアンゲリカ・エーデショヴァー。それに、奥さんと一緒にやっているネピルという名前のチェコ人がいる。かれにはいつもこう呼びかける。

　　飲まず(ネピル)・お水(ヴォドゥ)・飲まず(ネピル)。*1

つまり、ネピルが水(ヴォドゥ)を飲まなかった(ネピル)。これはとてもユーモラスだ。そうだろう?

そうだとも。

ネピル・ヴラジミールという名前で、奥さんはネピロヴァー・コルドゥラという名前だった。

そんな名前が本当にあるものかどうか、ぼくには分からない。テレビのなかでさえ、そんな名前のひとはほかにいないから。でもネピロヴァーはそういう名前なのだ。コルドゥラ。

とても変てこだ。

でもかれらはいい人たちで、市場でぼくのダンボールを盗んだりしない。チェコ人ではあるけれど。ただひとつだけ理解できないのは、コルドゥラなんていう名前はかのじょの思いつきではないのかということだ。そうでもなければ、そんな名前はありえないだろうから。

さらにかれらのいいところは、チェコ語ではなくてスロヴァキア語で話すことで、みんながとてもそれを気に入っている。自分たちがチェコ人だと威張らずに、スロヴァキア語を話している。ハンガリー人は自分たちがハンガリー人だと威張っていて、ハンガリー語を話す。

みんなはそれが気に入らない。

ぼくもそれが気に入らない。

スロヴァキア語を話せばいいのに。さもないと言いつけられることになるのに。

ぼくの祖母のオママも、そのまた祖母が半分ハンガリー人でチョンカ・エステルという名前だけれど、スロヴァキア語を話した。ただ、オママはタバコを吸って、当時許されなかったアラン・ウィルトンを読んでいた。表紙を覆ってはいたけれど。でも、そのことでかのじょが問題視されることはほとんどなかっ

＊1　ネピルはチェコ語で「かれは飲まなかった」、ヴォドゥは「水を」の意味。

た。だって、やはりハンガリー人の血が流れていたのだし。誰もかのじょを見て、そこにハンガリー人の血が流れているとは言わなかったけれど。

外見からは実際分かるものではなかった。ほんのわずかすら。

例のネピルはチェコ人で、もともとはあんばの選手でメダルまで取ったことがある。みんなはいつも、馬をまたいで練習をするときにあれをぶつけないのかとたずねた。馬というのは生きているやつではなくて、体操用の馬のことだ。またいで運動をするやつだ。テレビでも出てきた。ネピルはいつも、何度もあれをぶつけて、あれときたらもう国旗の青いくさびの部分みたいにまっ青になっていると答えた。[*1] そんな青いあれを持っているということが、みんなはとても気に入った。青いあれが気に入ったのだ。

いまではもう国旗に青いくさびがない。そのこともみんなはとても気に入っている。

ぼくもとても気に入っている。

もう一人、コマールノでダンボールを集めているイナス・ヴォイチェフという名前の男がいて、かれはジプシーだ。イナス・ヴォイチェフについてもっとも重要なのは、かれが眼鏡をかけているという点だ。かれ以外に眼鏡をかけているジプシーは、生まれてこのかた目にしたことがない。そのことから、かれにはとても要注意、と考える。だって、眼鏡をかけたジプシーは極めて危険なものであるかもしれないので。眼鏡をかけているということは、大変に知性があるふりをしているということだから。

かれと会うときは、ぼくの荷車から何も盗まれないようにいつも最大限に注意を払う。眼鏡をかけているなんて、実際すごく変てこだからだ。

ぼくは眼鏡をかけていない。

僕は視力がとてもいいし、いろいろなものによく気がつく。

ほかにもコマールノにはダンボールを集めているいろんな人たちがいるけれど、かれらはたまに集めるだけだ。ぼくはコマールノでもう二十八年間も運んでいる。だから雌ネズミのアンゲリカ・エーデショヴァーはぼくのダンボールを盗まないで欲しい。でないと目にもの見せてやる。

でもぼくは腹を立ててはいけないのだ。荷車がボシ＝モイシ・ヤーンのところにあるいま、市場のぼくのダンボールを誰が持って行こうと腹は立たない。ほしい人は持って行けばいいのだ。だって、どうせぼくは持って行けないのだから。バックミラーなしで出歩くなんてまるで論外だ。後ろに誰がいるのか見えなかったら、誰がぼくに叫んでいるのか見えないのだから。

だからそれは論外。

いままで一度だってバックミラーが折れたことなんかないのに、今度だけ折れてしまったので、それをくっ付けてくれるようにオストロウのボシ＝モイシ・ヤーンのところに持って行かなければならなかった。だって、それには特別な道具が必要だから。簡単にいくような話じゃないのだ。

で、バックミラーがくっ付いていないいまのところ、ぼくは作家でいられる。だってくっ付いたら、こんな馬鹿げたことに使う時間はなくなるから。そうなったら、もう『墓地の書』は書けなくなる。

＊1　チェコスロヴァキア国旗には中央に青いくさび形がある。現チェコ国旗はチェコスロヴァキア国旗を受け継いでいる。

ただひとつだけ理解できないのは、どうして墓地についてなのだろう。ひょっとして、それは全然義務ではないのかもしれない。老いぼれグスト・ルーへはもうすごく年を食っているし、アルコールを食料にしているアル中だ。ひょっとして、みんながかれのグラスを満たすお酒を買ってくれるように、あのアドゥラールを使ってただ無意味に占っているだけかもしれない。
「坊や」などと書いたりして。どうしてそう書いたのか、それだけは知りたいと思う。ぼくはちっとも少年ではなくて、もう四十四歳になるのに、どうして老いぼれグスト・ルーへは「坊や」と書いたのだろう。「男性」と書くべきだったのに。そうだろう?

　そうだとも。

　オタタはぼくのことを「坊や」と呼んだ。もしうちの坊やのことをきちんとしなかったらえらいことになるぞ、と言ってグナール・カロル博士のところへ話をまとめに出かけた。かれらは道でばったり出会い、オタタはこうあいさつした。

「労働にはえあれ[*1]」

　そして帽子をとって、グナール・カロル博士の奥さんにもあいさつした。

「同じく奥さまにも、労働にはえあれ」

　ぼくはこのあいさつがとても気に入っていて、いまでもみんなが「労働にはえあれ」とあいさつして欲しいのだけれど、いまはしてはいけないことになっている。もしそんなふうにあいさつしたら問題になってしまうだろう。ぼくの父はいつもこのあいさつにたいして、「公安のハエ野郎」とくっ付けていた。こんなふうに。

労働にはえあれ、公安のハエ野郎。

公安のハエ野郎。これはひどい言葉だ。公安のハエ野郎。こんな言葉を口にするものは言いつけられて、問題になるだろう。

父がこの言葉を口にするとき、上の人たちがそれを知って、なぜ父がそれを口にしたことを言わなかったのか、とぼくが問われたらと思うと怖かった。

だから、ぼくはオタタのところにいるほうを好んだ。だって、オタタは決してそんな言葉は口にしなかったし、地区組織関連の重要なノートさえ持っていたから。

いつも「労働にはえあれ」とあいさつして、党の新聞『生活』を定期購読していた。

それはちっとも読まれていない新聞だった。でもオタタは講読をやめるのを恐れていた。だって、上の人たちはやめる人をチェックしていて、問題にするのだと言っていたから。

オママは党の『生活』紙でアラン・ウィルトンを包み、またそれでストーブもたいていた。だって、かれらはストーブを持っていたから。当時はセントラル・ヒーティングというものは何気なくあるようなものではなかったから。いまは何気なくあるけれど。

＊1　共産党政権下において、挨拶言葉として職場や学校で使われた表現。

ストーブはふたつあった。部屋がふたつあったからで、三つめは部屋ではなかったからだ。三つめは大理石のテーブルのある食料庫で、オトおじさんがキノコを育てていた。そこにストーブは必要なかった。キノコはストーブが嫌いだから。だって、湿気が好きだから。ときどき、ほんのたまにだけど、そこは臭った。オトおじさんは臭うキノコも育てていたので。

党の『生活』紙は後ろのページに絵入りのジョークがのっていた。おもにアメリカ人について。それらのジョークはとても真面目で、教訓的なものだった。たとえばアメリカの兵士がかんづめに爆弾を詰め込んで、ちっちゃな黒人の女の子に渡して言う。

「これはわたしたちからの食料援助だよ」

つまり、爆弾がかれらからの食料援助という意味だ。

アメリカの兵士だということは、帽子にそう書かれているので分かる。これはとても教訓的だし、ユーモラスでもある。

何より教訓的だということ。

グナール・カロル博士もまたとてもユーモアがあって、しかも控えめだった。たとえば乾杯をするときにこんなふうに言った。

万国の労働者諸君、団結して飲め！

これはとてもユーモラスであるし、このことからグナール・カロル博士がいかに控えめであるかが分かる。かれは上の人であるのに、そんなふうに振る舞わないのだ。いつも、みんなはこの乾杯に大笑いした。とてもユーモラスであったから。

そして控えめでもあったし。

またかれは、初の労働者出身の大統領ゴットワルト・クレメントが持っていたような、ペルジアーンカというふうに呼ばれる黒い皮の帽子をかぶっていた。かれが二番目の労働者出身の大統領になるだろうと言われたものだった。同じ帽子をかぶっていて、名前がK・Gという同じイニシャルだったから。イニシャル、それは名前の最初の文字のことである。

僕の持っているイニシャルは、S・Tである。

グナール・カロル社会学博士（RSDr.）はゴットワルト・クレメントと同じく、社会学博士（RSDr.）K・Gのイニシャルを持っていた。

ダリンカ・グナーロヴァーはD・Gのイニシャルを持っていた。そのあとが、D・M。

そしていまはD・Q。

名字のノートに、その全部のイニシャルでかのじょをのせている。名前のノートには、ただDのところにのせている。

きのうぼくは、労働組合会館の前でダリンカ・グナーロヴァーを見た。もう一枚スカートをはいたほうがいいような、すごく短いスカートを履いていた。スカートは黒い色だった。とても短かった。そんなスカートをダリンカ・グナーロヴァーは履いていた。

昔、コマールノにひとりの女がいて、オスラジチョヴァー・ドミニカという名前だったが、かのじょはすごく短いスカートをはいていて、ちょっとかがんだだけでもう一大事だった。でもかのじょは客引きにそれを身に着けていたのだ。だって、それが職業だったから。つまり娼婦だったから。自転車に乗って、お金で性的なことをしましょうと、男性を誘ってまわった。

ぼくも誘われた。

あるときぼくは「船乗りの像」のそばでかのじょと出会い、かのじょは言った。

「サムコ、暖まりたくない？」

それでぼくは、この世のありとあらゆる罵り言葉をかのじょに浴びせ始めた。だって、そんなことをオスラジチョヴァー・ドミニカはぼくに言ってはいけないから。ぼくはちっとも阿呆ではないので、かのじょが何を望んでいるのかよく分かるのだから。かのじょはお金で性的なことをしたかったのだ。でも、ぼくが暖まりたいかどうかなどと聞いてはいけない。だって、ぼくは暖まりたくなどないから。ぼくは立派な綿入りのコートに暖かい下着、それに中敷きの入った靴まで身に着けているのだ。

ぼくはかのじょが立ち去るまで長いあいだ罵っていた。

その後、コマールノにあるギリシャ人がやって来て住みついたが、かれがオスラジチョヴァー・ドミニカにほれ込んでしまった。ギリシャの革命家の息子で、かのじょを奥さんにしようとした。だって、かのじょについてそのへんの事情を知らなかったから。

ミハリス・デメトロプロシスという名前だった。

事情を知らないでかのじょを嫁にしたいというので、みんなはどうしたらいいものやら困惑した。みんなに、とくに女たちにだけれど、かのじょがさげすまれていることを知らずにいたから。そこでみんなは、かれの無知を覚ましてやろうと決めた。

初めミハリス・デメトロプロシスは信じようとせず、あわや殴り合いにまでなるところだったが、かがんだらもう一大事になってしまうようなスカートをかのじょが履いていることに注意を向けるようにと、みんなしてかれに言い聞かせたのだった。するとミハリス・デメトロプロシスは納得して、手ひどく打ちのめされ、コマールノから引っ越す道を選んだのだった。

オスラジチョヴァー・ドミニカも打ちのめされたけれど、かのじょは引っ越さなかった。

こうしてすべて丸く収まり、みんなはかれの目を覚ましてあげたことに満足した。すべては丸く収まったのだから。

ぼくも満足だった。

満足したほかにもいろいろ。

だからぼくは、ダリンカ・グナーロヴァーがまったく同じようなスカートを履いているのを見てとても驚き、もう何がなにやら分からなくなった。

ぼくはそうちょくちょく驚いたりしない。だって、何事もよくわきまえているし、ぼくの言うことはよくその通りになるからだ。たとえば次のように言うとする。

「あとで見てるがいい」

すると、あとでよくその通りになるのだ。

あのホモの嫌ったらしいボルカもそうで、あるときぼくの肩に腕をまわそうとしたときに、そうさせなかった。尻のまわりに標的のイレズミがあるあいつに向かって、いつか刑務所行きだぞとぼくは言ってやったが、その後ほんとに刑務所送りになった。だって、ぼくがそう言ったのだから。

後々、嫌ったらしいボルカが刑務所行きになると言ってやったのはぼくだと、みんなに話したものだ。

マルギタもあらかじめいろいろなことが分かり、いつも次のように言う。

「ごらん、わたしはそう言ってたでしょう。わたしの言う通りだったでしょう」

これについてはよく当たりもあった。たとえば、イワナがアルフ・ネーヴェーリに部屋を貸すべきではない、ろくなことにならないからと言ったこと。あるいはまた、チェコスロヴァキアはおしまいにすべきだ、ろくなことにならないから、と言ったことなど。あとから、自分はそれを言ったし、当たりだったと言った。

マルギタは、自分があらかじめ言ったということをとても自慢していた。

老いぼれグスト・ルーへもあらかじめ話すわけだけれど、それが実現するかどうかはかれにはどうだっていいのだ。だって、少しすると何を言ったのかもう覚えていないのだから。年寄りでアル中だからで、下唇があごひげのほうまで垂れ下がり、おかげで見た目も悪い。

一度かれのところに行ったら、「『墓地の書』を書き上げるだろう。坊や」とぼくに占った。どういうことかとさらにたずねたけれど、もうそれ以上絶対に何も言おうとしなかった。もうぼくには占ったから、と。実のところその占いをまるで覚えていなかったのかもしれない。で、告げてくれたことをかれに話してみたけれど、かれは笑って、もしそう告げたのならそれは真実に違いないと言って、お酒を満たしたグラスかビールを持ってくるように要求した。それでビールを持って行ってあげた。だって、そっちのほうが安かったから。

コマールノでは誰もがかれにたいしてそうする。もちろんそれは納得できることで、誰だってエリク・ラクのように呪いをかけられたくはなかったから。

ここのところを書き終えたら、エリク・ラクにどんなふうに呪いをかけたのか書くことにしよう。それ以上、ぼくはかれにたずねなかった。だって、かれにお酒を買ってあげなければならなくなるだけで、どうして墓地についてなのか、どうせそれ以上何も告げてはくれないから。だって、そういう人間だから。

かつての老いぼれグスト・ルーへはそんな人間ではなくて、全然違っていて、つまりはまったくまともで、ただ刑務所で、自分が殴られるために自分自身で選ばなければならなかったハンマーで殴られたことがあるだけだ。

あるときやはりハンマーで足の指と、ついでに頭もしたたかに殴られて意識を失い、意識を失ったまま次のような夢を見た。

駅の待合室に大勢のひとがいて、そのなかのひとりがかれのところにやって来ると、ラジスラウ・フロバーリクという名で、バーノウツェ・ナド・ベブラヴォウ[*1]の税務署長であり、もうすぐ自分の乗る汽車が来ると語った。老いぼれグスト・ルーへは、アウグスティン・ルーへという名でまだ学生の身だと言った。それから握手を交わした。

＊1　西スロヴァキアにある町。

ラジスラウ・フロバーリクは手助けをして欲しいと頼み、老いぼれグスト・ルーへはお助けしましょうと答えた。ラジスラウ・フロバーリクはバーノウツェ・ナド・ベブラヴォウにいるかれの妻、エレナ・フロバーリコヴァーを探し出して、井戸と塀のちょうど中間に埋まっているものがあると伝えてくれるようにと言った。すべて掘り出して、全部老いぼれグスト・ルーへのものにしていいが、黄色みがかって透き通った、アドゥラールという名前の石だけ、妻のエレナ・フロバーリコヴァーに渡すようにとのことだった。だって、その石はあらゆる願いをかなえるものだから。

さらに、かのじょは何を願うべきか、もう分かっているのだと付け加えた。

老いぼれグスト・ルーへは望み通りにしましょうと誓った。

そしてラジスラウ・フロバーリクは立ち去った。もうかれの乗る汽車が来たので。

老いぼれグスト・ルーへは失神から目覚めたとき、待合室ではなくてブラチスラヴァの監獄にいたのでとても驚いた。そこにさらに四年九ヶ月とどまった。やがてそのブラチスラヴァの同じ監獄に、ラジスラウ・フロバーリクという名のバーノウツェ・ナド・ベブラヴォウの元税務署長で、その後ユダヤ人の財産処理を担当し、競売所の所長をしていた男がいたことも知った。

そして、殴られるためにやっぱり自分自身で選ばなければならなかったハンマーのおかげで、ラジスラウ・フルバーリクがすでに死んでしまったことを知った。

そして、老いぼれグスト・ルーへはブラチスラヴァの監獄から釈放された。悪いドイツ人ではなくてただのドイツ人だとようやく判明したからだ。それで、ラジスラウ・フロバーリクの妻であるエレナ・フロバーリコヴァーを探しに、バーノウツェ・ナド・ベブラヴォウへと出かけた。かのじょはその話と発掘の件にとても驚いたものの、発掘に同意を示した。

ところが老いぼれのグスト・ルーへは、かのじょのほうが見つかったものの全部を取って、自分は黄色みがかって透き通っているアドゥラールという名の石だけをもらうと、話を逆に伝えたのだった。

それから、井戸と塀のちょうど真ん中を掘り、商人がもともとはクミンを入れておくようなアルミ缶を掘り出した。

クミンというのはどこかの区の住民とは関わりがなくて、香辛料関係のものだ。ただそう言う名前なのだ。クミン。ただしどこかの区民とは無関係。

でもアルミ缶の中には香辛料関係のクミンは入っておらず、ふたつの包みが入っていた。ひとつの包みには分解されて油が注されたリボルヴァー、六個の金の指輪、四個の金時計、それに眼鏡ケースがひとつあった。ただ眼鏡ケースに入っていたのは眼鏡ではなくて、四五〇〇ドル分の紙幣だった。使えなくなってすでに九年たつドル紙幣であったけれど。

ふたつめの包みにはアドゥラールがあっただけでほかに何もなかった。

エレナ・フロバーリコヴァーはとても感謝したけれど、ドル紙幣は念のために焼き捨てた。当時はまだ共産党があってドルは禁止されていたから。それからリボルヴァーをできるだけ細かにばらして野原に埋めた。そこは誰も行かないところだったので。

こうして老いぼれグスト・ルーへはアドゥラールを手に入れ、アドゥラールを所有していることにすっかり気を良くしていた。ところがアドゥラールは何もしてはくれず、ひとつの願い事もかなえることなく、おかげで老いぼれグスト・ルーへは不満を抱き始めた。いちばんショックだったのは、使えないドルと宣言されてから十年間はアメリカで有効であること、つまりひとつの銀行でだけはまだ有効であることを知ったことだった。

それで自分がとんだマヌケであったこと、四五〇〇ドルとリボルヴァー、それに金関連の物品を手に入れることも可能であったことを思ってフンゲキにかられて、いまだかつて生涯なかったほどに飲んだくれ、三日のあいだというもの酔っぱらい続けて一度もしらふに戻ることなく、俺は何でもかなえてくれるものを持っている、そしてそのおかげで大バカものでもあると、居酒屋で誰かれとなく語った。

みんなはその石を不思議そうに眺めた。で、そのあと老いぼれグスト・ルーへが石を手に取るとまったく唐突に、アドゥラールの力を借りて、それを最後に握ったひとについて占いができると感じたのだった。

ただかれは酔っぱらっている必要があった。だって、しらふでは占えなかったから。

というわけで、常にかれは酔っぱらっていて、どこでも働いたことがない。だって、酔っぱらっていなければならないから。そして、やがてコマールノにやって来た。ここには妹が住んでいて、かのじょのところに身を寄せたのだ。

でも、妹はかれが何もせずにお酒を飲んでいるおかげで、ひどく自分が不幸せだと感じて、かれをもろもろの点できちんとしてくれるようにと共産党に願い出た。それでエリク・ラクという名の男がかれのもとに派遣された。警察官だったのできちんとするすべをよく知っていたのだが、老いぼれグスト・ルーへはその男にひどい呪いをかけたものだから、誰もが怖がるようになってかれとやっかいごとを起こそうとはしなくなった。

老いぼれグスト・ルーへがどのようにエリク・ラクに呪いをかけたのかは、あとで書くことにする。老いぼれグスト・ルーへはその後ずっと駅のところの居酒屋に居座って、エレナ・フロバーリコヴァーをだましたおかげでいかに正当な罰を受けたかをみんなに語った。そしていつも、お酒をおごるように要求した。

いつもアドゥラールを憎んでいると言っては、足もとの植木鉢におしっこをした。みんなはかれを恐れ、また気味悪がった。おもに、あごひげのほうにまで垂れ下がった真っ青な下唇のせいで。

ほかにもいろいろな点で。

ぼくはアルフ・ネーヴェーリに占いをしてもらいたくないかどうか聞いてみたが、かれは望まなかった。でも老いぼれグスト・ルーへを見に出かけて、じっと眺めていた。でも占いはしてもらわなかった。だったらなんで出かけて行ったりしたのか、ぼくには理解できない。そうだろう?

そうだとも。

アルフ・ネーヴェーリはまったく変わっていて、どこでも働いていなかったし、何もしていなくて、身体障害の年金受給者でさえなくて、テレビさえ持っていなかった。

それを知ったとき、ぼくはとても驚いた。だって、テレビを持っていないひとなど、生涯一度もどこでも見たことがなかったから。しかも貧乏のせいではなくて、なんとなく持っていなかったのだ。

ぼくは知っているのだ。だって、若造のサーラーシがたった五〇〇コルナでテレビを売っていて、それをぼくの荷車で無料で運んであげることだってできたのに、そのときアルフ・ネーヴェーリは持っていないからテレビがないのではなくて、ほしくないから持っていないのだと言ったので。

それはとても変てこな話だ。誰だって、プラチスラヴァのたいした芸術家であるイワナだって、マルギタと息子たちだって、世の中の誰だってテレビを持っているのに、アルフ・ネーヴェーリだけが持っていないのだ。しかも、持っていないからないというわけではなくて、だ。

この点がもっとも変てこだったところで、いちばんぼくが恐れていたことだ。だって、もしテレビを持っていないようなひとに部屋を貸したら、何が起こるかさっぱり見当がつかないから。どうしてテレビを持っていないのか、考え込まなければいけなくなるから。

ただひとつだけ理解できないのは、テレビを見ないで、一晩中なにをしたらいいのかということだ。とにかく変てこだ。イワナにも、みんながテレビを持っているのにかれが持っていないのは変てこだと言った。ところがイワナはまったく関心を示さなくて、やって来るといつも、なぜテレビを持っていないのかについてではなく、外国の言葉についてかれと語り合っていた。

あの雌ネズミ、アンゲリカ・エーデショヴァーですら、ジプシーとはいえ持っている。かのじょのところにだって、テレビがあるのだ。

だから、これはとても変てこなことなのだ。

かれが死んだとき、死んだことを不思議に思わないように、とイワナに言った。だって、ひょっとしたら神経がおかしかったのだから。ただ誰も言ってあげなかったから、それを自分で知らなかっただけで。

テレビを持っていないというのは、絶対に変てこなのだから。

テレビを持っていないひとに部屋を貸しているということを、ぼくは誰にも話さなかった。だって、ほかのひとたちも奇妙に思うだろうし、なんでそんなひとに部屋を貸したのかとたずねるだろうから。これはまったく答えがたい質問だ。かれはほかの点ではきちんとしていたのだから。ただ、しょっちゅうシャワーを浴びて、お酒を飲み、夜通し明かりを点けっぱなしだったけれど。

それ以外では、いい性質をたくさん持っていた。

ただテレビを持っていなかっただけ。

昔、コマールノにひとりの男がいて、いっぺんに二十二台のテレビを盗んだ。ジェンゲという名前だった。いっぺんに二十二台のテレビが必要だったからというわけではなくて、ある計画を思いついたからだった。ジェンゲが思いついた計画は以下の通り。

まずコマールノの共産党の上の人たちに電話をして、東ドイツ製のいくつかのテレビに健康に害を及ぼす欠陥があって、それらを運び出すけれど、労働者たちを刺激しないように極秘裏に行うと伝えた。つまり、上の人たちは極秘に準備をしなければいけなかった。ジェンゲがトラックで運転手と一緒にやって来たとき、もうすべてこんぽうされていたうえに、宴会まで準備されていた。だって、かれらはジェンゲも上のひとだと思ったから。

その宴会でジェンゲは、こうしたことはすべて共産党の極秘事項であり誰にも漏らしてはいけない、でないと大問題になって監獄送りになるぞ、と言って全員に署名させた。

さらに、みんなはジェンゲのためにテレビをトラックに積み込んでさえあげた。歓待を受けてジェンゲはゆうゆうと立ち去った。

あとになってジェンゲは、この一件で大笑いしてとても楽しんだ。ところが、かれの運転手だったのがホモのボルカで、このことを誰かれとなく自慢したものだから、みんなの知るところとなってしまった。

ぼくも知った。

それでぼくはグナール・カロル博士のもとへ出かけて、何もかもかれに告げた。もともとぼくはなんにでも気がつくし、ましてその一件を知ってしまったのだから。もしぼくが告げなかったら、共産党にとっては一大事になるところだった。だって、笑い者にされただろうから。

ジェンゲとボルカはふたりともただちに捕まって刑務所送りとなった。当然の報いだ。どちらも八年間の刑を受けた。まだテレビを売り払う間がなかったとはいえ、盗みを働き、上の人たちをこけにしたのだから。加えて、東ドイツ製のテレビの評判までおとしめたのだから。

かれはジェンゲ・チハメールという名だった。

あとでグナール・カロル博士はぼくがとても利発でよく気がつき、それゆえになんでも知っているとすごくほめてくれた。これからもよく気がつくようにと言ったけれども、そんなことは言う必要がないのだ。だって、ぼくには気がつく能力が備わっているのだから。とても知性的なのだから。

たとえば市場中で、ボシ＝モイシ・ヤーン・ジュニアに何が起きたのか気づいたのはぼくだけだった。かれは突然倒れて、おまけに手を振り回していた。ぼくはそれにすぐ気がついて、どうにかしてあげないといけないとまわりに言った。ぼく自身も何かしてあげたかったけれど、ぼくは興奮してはいけないのだ。だって、それはぼくの健康にさわるから。

ちょうどそこに、片方の耳にふたつのピアスをした男が現れて、医者だと名乗って、かれはてんかんを起こしていると言った。それから、木片かなにか堅いものをかれに与えようとしたのだけれど、何もぼくらは見つけられなかった。するとその医者はひとつの棚からニンジンを取って、ボシ＝モイシ・ヤーン・

ジュニアの口に押し込んだ。

それは変てこな光景だった。だって、本物のニンジンをくわえていたのだから。とてもユーモラスでもあったけれど、誰も笑わなかった。だって、深刻なことでもあったから。だからぼくも笑わなかった。

それから救急車が来て、片耳にふたつピアスをつけた医者の男と一緒に、それとニンジンも一緒にボシ＝モイシ・ヤーン・ジュニアを乗せた。

なぜ口にニンジンを押し込んだのか、ぼくには分からないけれど、てんかんのためだったのではないかと、ときどき考える。だって、それは深刻な病気だから。

それに、ニンジンはとてもからだにいいから。

ほかの野菜もからだにいいが、なんといってもいいのはケフィアだ。ケフィアは世界でいちばんからだにいいものだ。晩にいつもぼくはケフィアを飲み、朝にはとてもからだに良くて、タンを切ってくれる薬草のアオイ入りのお茶を飲む。ただしそのお茶はゆっくり飲まなければならないので、ぼくはゆっくりと飲んでいる。朝は時間があるし、ゆっくりでないとそのお茶は効かないから。

れっきとした名前もある例の病気のおかげで、朝、ぼくはひげをそらない。その病気では背も伸びなければひげも伸びないが、そのことはとても経済的だ。時間も節約できれば、ひげそり用の製品を買う必要もないからだ。

非常に経済的だ。

ほかの人たちはひげをそるという観点からしても、非常に経済的だ。だって、ぼくはかれらに、たとえばヴァレント・アンカやその息子たちやジェブラークにひげそり用の製品を買ってあげるからだ。ジェブラークには息子はいなくて娘だけなので、かのじょらにはひげそり用の品は買わないけれど。

これもまた経済的だ。

イワナとマルギタにはスリッパを買う。いまスリッパはとても値段が高い。まだ共産党があったころ、スリッパは安かった。でもぼくはスリッパを責めたりしない。ぼくがかれらを責めているなどと思わないように。たとえ高くても。たとえそれが本当のことでも。

スリッパはとても高いのだ。

高いものは、そのほかにもいろいろ。

クリスマスにはいつも、イワナから一生身につけないようないろんな馬鹿げた衣服をもらう。マルギタからは身につけるパジャマと下着をもらう。パンサーという名前で、足のところに黒く動物が刺しゅうされた例の下着もマルギタからもらった。

まだ昔、オママとオタタ、オトおじさん、母と父、それにマルギタとイワナも一緒に、いつもクリスマスを過ごしていた。

ぼくも一緒だった。

プレゼントはピアノの上に置かれた。ピアノの上にツリーがあったからだ。夕食のあとでイワナがクリスマスソングを演奏し、みんなで歌った。ぼくも歌った。ぼくはよく歌えないけれども。だって、クリスマスソングは忘れてしまうから。クリスマスにだけ歌うので。だって、クリスマスでないときになんだってクリスマスソングなんか歌ったりするだろうか。そうだろう？

そうだとも。

ぼくのいちばんのお気に入りは次のような歌だった。

いっぽうからフヴォイカ、もういっぽうからは松の小枝。羊飼いは羊を飼い、なべからかゆを食べた。

この歌でひとつだけ分からないことがあって、それはフヴォイカが何かということだ。で、しっぽのある動物のことだろうと考えた。ブタのような。だけれど、それはブタではなくてただの小枝なのだ。[*1] ブタのような。だけど、ただ名前がフヴォイカというだけ。

もうその当時から、クリスマスにぼくはスリッパとひげそり用の製品を買うようにしていた。だって、いつもそれは経済的だし、お金関連でいうならば、ぼくは当時からすでにお金持ちだったから。だって、ぼくはもう学校に通っていたころから、廃品回収がないときでも回収所によくものを運んでいたから。それはとてもきれいで面白い仕事だったし。学校に通わなくなってからも、ぼくはそれだけをしてきた。だって、とてもきれいで面白い仕事だから。

ぼくはまるまる九年間学校へ通って、一度だって落第しなかった。だって、ぼくは働き者で、紙回収関連ではいつも学校でいちばんだったし、いつも尊敬されていたから。

＊1　フヴォイカは針葉樹の若木を意味し、おもに民謡で使われる語。しっぽはスロヴァキア語でフヴォスト。

グナール・カロル博士はぼくが学校へ通うこと、ダリンカ・グナーロヴァーと一緒に通えるように落第をしないこと、そしてぼくには気がつく能力があるから、あれこれと気がつくことを望んでいた。

ぼくはいつも気がつくことができて、それをいつも告げていた。ぼくはたくさんのいい性質を持っているので、そのためにいつも賞賛された。

ぼくには友だちだってたくさんいた。

いたけれども、それはひとりだけで、トンコ・セジーレクだった。

ところがかれは悩みごとを抱えていた。だって、宗教を信じていたからで、それは当時はあってはならないことだったから。いまはまた宗教が義務になっているけれど。当時は悩みごとを抱えているひとがいると、そのひとのことは自然と知られてしまったもので、つまり上の人たちにも知られてしまって、そうなると一大事だった。だからオタタはぼくがトンコと遊ぶのを好まなかった。ぼくも悩み事を抱えるのではないかと恐れたからだ。ぼくらは変てこな遊びをしていたし、トンコは宗教に関する変てこなことをぼくに話してくれていたから。

でも話していたのは、もっぱらかれの父親のことだった。いつか父親がやって来て、そのとき地上の人びとみんなが幸せになるだろう、とか。息子であるかれは特に、次いでかれの友だちであるぼくも、だ。ぼくはダリンカ・グナーロヴァーも幸せになるだろうかとたずねたけれど、トンコはかのじょには関心がないと答えた。

さらにかれは、夜いつも、上のあちらのほうのことを父親と話し合っていると言ったが、それはかれの父親が共産党であって上の人たちだということではなくて、その父親が上のあちらのほうにいるという意味だった。かれが上のあちらのほうと言うときにはきまって、顔を反らせてあごで上のほうを示した。

何もかも、かれのたんなる思いつきだったのではないかと、ときどき考える。かれは苦しんでいたから。だって、父が上のあちらのほうにいてトンコは下のこちらにいて、どうやって話ができたと言うのだろう。そうだろう?

そうだとも。

あとでグナール・カロル博士は、すべてはトンコの思いつきに過ぎないと言った。カトゥシャ・セジーレコヴァーの私生児だったからだ、と。

ただあのことがあったあとで、夜中に目が覚めたときのあの匂いはなんだったのだろうと、たまに思い出すことがある。どうして匂いがしたのか、ぼくには分からない。あの匂いについてはどういうことだったのか、誰も何も言ってくれなかったから。そのほかのこと、たとえばトンコが私生児だったこと、だから普通ではなかったというようなことなどはかれの問題であって、ぼくたちには関係がないというのは当たり前の話だ。そうだろう?

そうだとも。

ただ、トンコが宗教関連で悩み事を抱えていたのは事実なのだ。

昔、コマールノにひとりの男がいて宗教関連で悩んでいて、名前をブチ・リュドヴィートといった。救急車関連の運転手だった。かれは改革派の宗教について悩んでいた。ほかのことでは悩んでいなくて、改革派の宗教のことでだけ悩んでいた。いつもそれについて考えていて、いつも教会に通っていたが、改革派ではなくてカトリックの奥さんは、かれと一緒に教会に通わなかった。でもそれはカトリックだったたからではなくて、ブチ・リュドヴィートが教会に行っているあいだ、ある軍人と、かれは中佐だったけれど、そのひとと性的なことをしていたのだった。ブチ・リュドヴィートはそれに気づかなかった。性的なことよりも改革派の宗教に関心があったためだ。でも、あるとき熱があって咳が出て、ベッドに横になろうと教会から戻って来た。そこでかれは、自分の妻と中佐の軍人を発見した。

でもふたりのほうはかれに気づかなかった。だって、熱中していたから。

ブチ・リュドヴィートは何かをしでかしてやろうと決意した。で、病院へ行って救急車を一台借り出し、全速力で家に突っ込んだ。寝室は道路に面していたのだ。ところがかれらは浴室にいたのでなんともなかった。ブチのほうはなんともなくはなかった。だって、その衝突事故で死んでしまったから。そんなわけで、ブチの奥さんは問題にされた。

みんなは当然の報いだとかのじょには言って、いっぽうでブチ・リュドヴィートを哀れんだ。

ぼくもかれを哀れんだ。

その後、中佐をしていたその軍人も自殺して亡くなったが、かれのことはみんな哀れまなかった。自分の執務室で自分のリボルヴァーで自分を打ち抜いたのだ。だって、軍人はリボルヴァーの携帯を許可されているから。

技師・博士候補ラドスチ・ペテル中佐という名だった。

ぼくは兵隊さんになったことがない。身体障害のせいで免除されたからだ。でもそれを喜ばしく思ったことなどない。兵隊さんになりたくなくて免除を喜ぶあの連中と違って。ただひとつだけ理解できないのは、あとになって兵役中の愉快な経験を語れなくなるのに、どうして免除を喜んだりするのかという点だ。だって、免除されなかったひとはみんな、兵役中の愉快な経験をいつも話しているから。

兵役を免除になった代表者といったらジェブラークだ。だってかれは芸術家で、かれらはみんな免除されたがる人たちだから。でも、どうしてなのか、やはり分からない。かれらはその愉快な経験をテレビや新聞で話すことができて、そうすればみんながそれを楽しめるのに。そうだろう？

そうだとも。

気の毒なことにジェブラークは兵役関連を免除になったのだった。あるとき、オトおじさんに、兵役に行けなくなるような薬を持っていないかどうかたずねた。オトおじさんは考えてみようと答えた。

そして実際考えて、つぎにジェブラークがコマールノに来たときに、汚れたガラスみたいに見えるキノコを新聞に包んでかれにあげた。オトおじさんは、もし兵役に行きたくないのなら一日三度、いっぺんに口に収まる限りのキノコを食べなければならないと言った。

汚れたガラスみたいに見えるキノコは、ズルダケという名前だった。ズルダケのおかげでオシッコ関連の悪い病気に見えるだろうが、それはあくまで色だけでしかし少し血も混じる、とおじさんは言った。オシッコは黒い絵の具みたいに黒くなるだろう、と言った。

ジェブラークは言われた通りにして、黒い絵の具みたいな黒いオシッコが出て、医者は首をかしげた。だって、オシッコには少し血が混じっているのが判明しただけだったから。医者が問題なしと言うたびに、かれはいっぺんに口に収まる限りのズルダケを食べて、また黒い絵の具のような黒いオシッコをした。

それで医者はすごく不思議がり、兵役には行かないようにと告げたのだった。

ジェブラークはこれをとても喜んだ。イワナも。だって、当時もうふたりには子供がひとりいたから。イワナにはいつも誰かしら子供がいた。ぼくの父も、軍隊をだましてやった、と喜んだ。もっとも、父ははるかに口汚い言葉で表現したのだけれど。

ぼくも喜んだけれど、問題になるかもしれないのが怖かった。それで、喜ばないことにした。それからというもの、ジェブラークはオトおじさんが大好きになって、おじさんが行方不明になると、かれに捧げる歌を作った。かれはイワナと違って、ポップス関連の音楽家だったから。

オトおじさんが行方不明になってから、ジェブラークはコマールノに来るたびに、いつもオトおじさんの消息はどうかとたずねる。

何もなし、といつもぼくは答える。もうずっと何もないだろうと、みんな思っている。だって、オトおじさんはもう戻っては来ないだろうとみんな思っているから。マルギタもそう言っている。かのじょはたくさん知り合いがいるから、みんながそう思っていることを知っている。

ジェブラークがズルダケを食べたとき、イワナはぼくに、もし誰かがズルダケのことを知ったならば、ジェブラークもイワナもオトおじさんも父も母も、そして当然だけれどもぼくも刑務所に行くことになるだろうと言った。

ぼくはグナール・カロル博士にそれを知られることが怖かった。だって、上の人たちはなんでも知ってしまうし、そうなったら、知っていたのに言わなかったことでぼくが問題になってしまうから。それで、ぼくはグナール・カロル博士のもとへ出かけて言って、かれに告げた。だって、かれはぼくの友人だったから。

グナール・カロル博士はぼくの友だちで、とても善良なやさしいひとだから、すべてに耳を傾けてくれたあとでぼくにカルロヴィ・ヴァリ製のゴーフレットをくれて、よく話してくれた、ときどきジェブラークやオトおじさんやほかの人たちのことに関して、何もかも話してくれるように、と言った。だからぼくはいつだって、なんでもかれに話してあげたのだ。

ふたたびグナール・カロル博士のところに行ったとき、博士はすべてを調査したこと、ジェブラークのオシッコの色はズルダケのせいではなくて本当に病気であること、だけどこれからもぼくは気がついたことを何もかも話さなければならなくて、ただしこの件は大変な秘密だから、誰にも言ってはいけないとぼくに話してくれた。だけど、そんなふうに言う必要などなかったのだ。だって、ぼくは秘密を漏らさずにいられるのだから。ぼくは阿呆なんかではちっともないのだから。そうだろう?

そうだとも。

ところがそのあとジェブラークとイワナが来て、医者も立ち会って警察で取り調べられて、オトおじさんとかれの使命のことを含め、いろいろ問いつめられたと言った。かれらはそのことで腹を立て、家族のみんなも腹を立てた。いったいどういうことかと怖かったからで、イワナはもしぜい肉だらけのグナールに何か言ったりしたらぼくをぶつわよと言ったけれど、ぼくは返事をしなかった。だって、グナール・カロル博士に、誰にも漏らさないと約束したのだから。

ピオネールは決して漏らさないのだ。

さらにイワナは、もし上の人たちが何かを知ることがあったら、ぼくも黙っていたことで協力したと同じなのだから、ぼくも含めてみんなが刑務所送りだと言った。

だけれども、ぼくは黙っていなかったし協力もしなかったし、もしみんなが刑務所に行くとしても、ぼくは行かないと分かっていた。だって、グナール・カロル博士はぼくの友だちなのだから。

友だちというだけでなく、ほかにもいろいろ。

ただひとつだけ理解できないのは、ジェブラークが兵役逃れをして警察で取り調べを受けたことは大きな秘密だったはずなのに、あるとき共産党がなくなってからイワナがテレビに出て、だけどピアノを弾いたわけではなくて、どんな愉快な出来事を経験してきたかについて話しているのを見たことだった。そのとき、あんな大きな秘密をすっかり、ズルダケのことも含めてジェブラークの一件をあっさりとテレビで話してしまった。みんなは笑った。それは面白かったからだが、ぼくは笑わなかった。だって、ちっとも面白くなかったから。

だって、ひとつだけとても嫌いなことがあるから。何もかもただなんとなく変わってしまって、もうすべてが違ってしまって、ところがいまがどんなふうなのかを教えてくれないから、以前といまが同じだと思っていると以前とはやっぱり違っていて、いまがどんなふうなのか知らないのかと、みんなに馬鹿にされることだ。

だって、ひとはみんなそんなふうなのだから。

それになぜイワナがいつもテレビに出なければならないのか、しゃしゃり出ていって、テレビや新聞であれこれ話すのかも理解できない。まるで、かのじょの話すことがすごく良いことであるみたいに。

おかげで、いつもイワナが何を話すのかとびくびくしている。かのじょは言ってはいけないことを言うから。

でも、イワナはそんなふうなのだ。そんなふうなほかにもいろいろ。

警察がジェブラークを取り調べたあと、かれはもう一度病院へ送られた。あとで、もう一度あんな検査をされるくらいなら兵役に行ったほうがましだと話した。

ぼくを台所に呼んで、どんなふうにかれを調べ、それがどれほど痛かったかを語った。それを聞いたとき、ほとんど気分が悪くなったほどだ。だって、ぼくは興奮してはいけないのだから。で、ジェブラークにそんな話をしないように言ったのだが、やめずに一部始終をぼくに語った。テーブルに縛りつけられて、ノズル付きの針をあれに差し込まれたことを。ペニスに。

どうしてぼくに一部始終を話したのか、分からない。それもぼくの目をじっと見つめながら、ひとりの医者がかれを押さえ込んで、もうひとりがノズル付きの針を差し込んだなどということを。ときどき、ジェブラークがキッチンに座ってぼくの目を見つめて、あれの中に入ったノズル付きの針の一件を話したことについてぼくは考える。ペニスの中の針のことを。

ぼくはグナール・カロル博士に、ジェブラークがぼくの目をじっと見つめていたことを話そうと思ったが、どう言っていいのか分からなかった。ただじっと目を見つめていたことなど、話しようがなかったから。話しようがないのに、どうして話さなければならないのだろう。そうだろう？

そうだとも。

あるいはひょっとして、ふたりの医者がノズル付きの針でそんなことをしたというのは、ジェブラークの思いつきに過ぎないのかもしれない。ひょっとして、そんなことはなかったのかもしれない。だって、ぼくはジェブラークよりもずっと腎ぞうが悪いけれど、そんなことはまるでされなかったから。いつも血液とオシッコを採るだけだ。だって、ほかの人たちと同様に、医者もまたぼくを尊敬しているから。役所もぼくを尊敬していて、すぐに障害者年金を出してくれて、病院に行く必要さえなかった。年金をもらうために、入院しなければならない人たちもいるというのに。

当時と比べて何倍もぼくの年金は引き上げられた。だって、ぼくは尊敬されているから。

通院する必要はないのだけれど、ひとつは塩分控えめの食事のために、もうひとつは火曜日のために病院に通っている。つまり、火曜日にはいつも検査を受けるのだ。あとダンボールのこともある。ほかのものは病院から持ち出せない。病院から持ち出せるのはダンボールだけで、それも持ち出していいダンボールに限られる。つまり、持ち出せないものはだめ。厳しく禁じられているから。

たとえば青い袋はいけない。青い袋の中には、ばいきんの付いた使用済みのものがいろいろ入っているから。持ち出したりしたら、これは一大事だ。青い袋のせいでみんなが病気になってしまうだろう。

病院には守衛がひとりいて、サースキ・ヴィリアムという名前だが、かれはぼくが持ち出してはいけないものを持っていないかどうか、ぼくの荷車をいつもじろじろと見回す。かれはかなりの重要人物なのだ。でもかれはいいひとだ。だって、ほかのひとが病院から持ち出すのは許可しないが、ぼくには許可してくれるから。だって、ぼくが持ち出すのは許可されているものだけだということをかれは知っているから。たとえばあの意地悪な雌ネズミ、アンゲリカ・エーデショヴァーのことは通させない。サースキ・ヴィリアムは、かのじょが使用済みのものが入ったものまで持ち出してしまうだろうと分かっているから。かのじょは禁止されているものだって気にしないのだから。

病院から帰るとき、たまにぼくはトンコ・セジーレクが落ちた給水塔のある公園で腰を下ろす。あのことを考えたくないから、あまりそこに行くのは好きではないけれど。

あのことがあったあと、みんながぼくを賢い坊やだとほめた。特にグナール・カロル博士は、まったくもって賢い坊やだ、とほめてくれた。でもダリンカ・グナーロヴァーはもうぼくと友だち付き合いをしようとせず、変てこな感じだった。

きのうぼくは、労働組合会館の前でダリンカ・グナーロヴァーを見かけた。出会ったときぼくに握手の手を差し伸べた。まるでぼくがふつうのひとであるかのように。

ぼくは働き者だし、ほかにもいろいろで、みんなはぼくを尊敬しているけれども、あまり握手をしようとはしない。それにぼくにはたいてい荷車があるし、荷車があるとハンドルを握っているから、ぼくもたいてい握手の手を差し出さない。

冬は冷たくないようにハンドルをスポンジで被っている。だって、とても重要な仕事なので、いつも手袋をしているわけにはいかないからだ。でないと、ダンボールが落ちないようにひもの結び目をこさえられない。皮膚があかぎれすると、ときどき傷やあかぎれに効く塗り薬インドゥローナ[*1]を塗る。

インドゥローナは傷やあかぎれにとてもいい。

傷やあかぎれだけでなく、そのほかにもいろいろ。

ダリンカ・グナーロヴァーはぼくの手を取って揺すった。ぼくはそういう場合にふつう何を言ったりす

＊1　チェコスロヴァキア時代から広く使われている軟膏。

るのか分からなかったので、ただ笑うことにした。ダリンカ・グナーロヴァーも笑った。

ところで、かのじょはいまはダリンカ・グナーロヴァーという名前ではない。だって、黒人と結婚したので。夫の黒人はぼくと同じサムエル・クエンティンという名前だ。というか、ぼくはかれと同じようにサムエル・クエンティンという名前ではなくて、サムエル・ターレという。だって、ぼくは黒人ではないから。ぼくはスロヴァキア人なので。

ダリンカ・グナーロヴァーがアメリカで黒人と結婚したという話は、もうずいぶん前に耳にしていたけれど、ぼくは信じていなかった。だって、ひとはよく、なんとはなしに思いつきを話すものだし、まだ太っちょのマニツァと結婚していたときから、しょっちゅうダリンカの悪口が話されていたから。もう当時から悪口が言われていたのだ。ぼくは一度だってダリンカ・グナーロヴァーの悪口を言ったことはない。太っちょのマニツァと結婚しているときも、どんなときだって決して。

太っちょのマニツァのことは大嫌いだった。だって、コマールノでいちばん初めにぼくをはやし立てたのはあいつだから。

「サムコ・ターレ、ウンコターレ」と。

でも当時はかのじょの夫ではなくて、ただの他人だったけれど。

だから、ぼくはかのじょが黒人と結婚したということを信じなかった。あの太っちょのマニツァでさえ白人で、黒人ではなかったから。

それに、コマールノではまだ誰も黒人と結婚していなかった。だって、スロヴァキア人がいくらだっているのだし。そうだろう？

そうだとも。

でも、ダリンカ・グナーロヴァーのお母さんが亡くなって葬式に行ったとき、ぼくは自分自身の目でかれを見た。当然の話だけれども、ぼくはダリンカ・グナーロヴァーを、あるいは黒人の夫を見に行ったわけではない。それはありえない。ぼくはグナール・カロル博士が友だちだから、哀とうの気持ちを表したくて行ったのだ。そのときに、かれが正真しょうめいの黒人であるのを見た。

まるでテレビのなかで見るようなひとだった。

テレビではもうたくさん黒人を見たことがあったけれど、かれはテレビのなかと違ってまったく生々しかった。なまの黒人だった。ジェトヴァの祖父と同じくらい背が高かった。黒人ではあったけれど。

ぼくの祖父は白人だったし、テレビのなかではなくて現実にいるほかの人たちもみんな白人だ。ジプシーを除いてだけれど。かれらは勘定に入れない。だって、かれらはジプシーだから。

昔コマールノに、でも、コマールノ出身というわけではなくてアメリカ出身の男がいて、ハリー・H・トリーという名前だった。黒人ではなくて、まるでコマールノの出身のように白人だった。まったくの真っ白だった。コマールノの出身のように。かれは英語関連の教師だった。だって、いまは英語が義務になっているので。

ハリー・H・トリーはふつうの子供たちを教えていたが、それだけではもの足りなくて、無料でジプシー学級の子供たちのところにも通って、そこで英語を教えていた。

ただひとつだけ理解できないのは、何のためにかれらに英語を教えたのだろう。市場でぼくのダンボールを盗むためなら、ジプシー語でじゅうぶんなのに。そうだろう?

そうだとも。

ハリー・H・トリーは、ジプシーはジプシーであるためにスロヴァキアで迫害されていると言って、さらにぼくたちはみんな同じなのであり、スロヴァキア人とジプシーは区別されないと言った。だけれども、たとえかれがアメリカ出身で、そのせいでみんながかれを尊敬していたとはいえ、スロヴァキア人とジプシーは区別されないなどと言うべきではなかった。だって、みんなむっとしてしまって、もうかれが子供たちに教えるのを望まなかったから。

ぼくもむっとした。

ジプシーと違いがないというのはみんな嫌だったから、かれは結局予定より早くアメリカに帰ることになった。出発するときに、かばんやスーツケース、テニスのラケットも抱えて、かれのジプシーたちとお別れをしに出かけた。お別れをしているあいだに、ジプシーにかばんやスーツケース、テニスのラケットを盗まれた。

ハリー・H・トリーが警察に行っていっさいの経緯を話すと、警官はスロヴァキア人とジプシーの違いがもう分かったろうと笑った。それからかれとパトカーに乗って、ジプシーたちの家に出かけ、一時間で何もかも取り戻した。テニスのラケット以外は。もうそれは燃やしてしまっていたから。だって、たき付けに使ってしまったから。

みんなは、もうハリー・H・トリーがジプシーとスロヴァキア人の違いを理解したろうと考えて喜んだが、多分かれは理解しなかった。だって、違いはないとずっと言っていたから。それでみんなは不愉快になり、ハリー・H・トリーはまたもや出て行くことになった。その後かれはアメリカの新聞に、スロヴァキアの人びとは人種差別主義者だと書いた。

ただひとつだけ理解できないのは、かばんやスーツケース、それとあのテニスのラケットを盗んだのはみんなではなくてジプシーなのに、なぜスロヴァキアの人びとが人種差別主義者であると書いたのだろうということだ。そうだろう?

そうだとも。

ぼくは全然、人種差別主義者ではない。ぼくはとてもいい人間だから。

そのことは、テレビの映画で誰かがインディアンや奴隷にたいして人種差別主義的だと、どうしてあんなに人種差別主義的なのだととても腹が立つし、そいつが罰せられるととてもうれしいことからも明らかだ。

アルフ・ネーヴェーリが人種差別主義的であったのかどうかは、ぼくには分からない。だって、かれはテレビを持っていなかったから。それでそれに関して話すこともできなかった。もしテレビを持っていたら分かったろうに。

マルギタもヴァレント・アンカも人種差別主義的ではない。コマールノにはインディアンも奴隷もまるでいないから。ひょっとしてブラチスラヴァにはいるのかもしれないが、イワナが人種差別主義的であるかどうかは分からない。

かのじょはとても変わっている。なにしろ、かのじょとジェブラークは、ハンガリー人のこともチェコ人のことも罵らないのだから。でも、ジェブラークの父親はチェコ人なので、罵らないのは当然だ。そうでなかったらきっと罵っただろう。もし罵らないひとがいると、みんなはそれに気づいて、そのひとを信用しなくなる。怪し気だからだ。

ぼくは怪しくない。だって、罵るから。

でも、決してインディアンや奴隷にたいしてではない。ぼくは人種差別主義的ではないから。

昔コマールノにひとりの男がいて、かれはドレイだったが、それが職業なわけではなかった。かれの名字がドレイなのだった。ドレイ・シチェファンといって、羽毛の売買をしていた。奥さんは羽毛布団を縫っていた。かれは拡声器付きの車を持っていて、羽毛買います、布団ぬいますと絶えずマイクで叫んでまわり、とても人気者だった。特に、羽毛や布団関連でいつもとてもユーモラスなことを言うもので。

羽毛や布団関連で、またどんなユーモラスなことを言うのかを聞くためだけに、車のあとをついて行く人たちだっていた。

ぼくの横を通り抜けるときにも、ときどきマイクで何かユーモラスなことを言い、ぼくもかれの車のあとについて行って叫んだ。

　　布団と羽根に、ドレイ・ピシタ[*1]のウンコ跳ね。

みんなそれを笑った。ユーモラスだから。

ドレイ・ピシタも笑って、拡声器で叫び返した。

　　サムコ・ターレ、ウンコターレ。

ぼくも笑った。そう言われるのは好きではないけれど、拡声器を通すとユーモラスだったから。

その後、ドレイ・ピシタの奥さんが、あるポーランド人とポーランドへ駆け落ちして、かれを羽毛と布団と一緒に置き去りにした。それからというものドレイ・ピシタは、羽毛も布団もほったらかして、買うこともぬうこともせず、ユーモラスな言葉を言うこともなかった。

逃げ出したとき、奥さんは五十八歳だった。相手のポーランド人は三十八歳だった。ドレイ・シチェファンは六十八歳だった。

誰もがこの一件で大騒ぎした。

ぼくもこの一件で大騒ぎした。

それからドレイ・シチェファンはフルバノヴォ[*2]の養老院に入り、それ以来ぼくはかれを一度も見ていない。だって、フルバノヴォはとても遠いから。

遠いだけでなくほかにもいろいろ。

ポーランド人男性をぼくはひとりも知らないけれど、ダリナ・カミクという名前のポーランド人女性はひとりだけ知っていた。だって、あるとき病院前の大きな交差点でぼくを立ち止まらせると、記者をして

＊1　ピシタはシチェファンの愛称。
＊2　コマールノに近い南西スロヴァキアの町。

いるのでぼくの写真を撮らせて欲しいと話しかけてきたから。何よりかのじょのお気に召したのは、病院前の大きな交差点で満杯の荷車を引いているぼくが働き者であるという点だった。

でも、ぼくは写真を撮られたくないと答えた。だって、何がなにやらひとは分かったものではないし、かのじょがこうだと言ってもあとでそうじゃないと判明したり、とにかくひとは分からないものだから。みんながぼくを尊敬しているのだし。ダリナ・カミクはぼくではなくて、ほかの誰かを病院前の大きな交差点で撮ればいいのだ。

ひとはとても用心深くなければいけないのだ。

ぼくはとても用心深い。

ドアだって閉まっているかどうか何回も確認する。荷車についてだって確認する。だって、ひとは用心深くなければいけないから。そうだろう?

そうだとも。

ダリナ・カミクは名刺をくれた。そこには次のように書かれていた。

「ダリナ・カミク　編集者」

それはつまり、かのじょがダリナ・カミクという名前で、編集者をしているということを意味していた。

もしダリナ・カミクが新聞にのせるぼくの写真を撮ったとして、ぼくがポーランドへ行き、みんながぼくを知っていて、あいつが病院前の大きな交差点にいたコマールノのひとだと言ったり、そのほかいろいろなことが起こったらと、ときどき考えてみる。

でもぼくはそんな馬鹿げたことにあてる時間はないし、それにポーランドはとても遠い。

かのじょの名刺は取ってある。だって、みんながぼくに名刺をくれることはあまりないので。誰もがぼくを知っているし、ぼくを知らないひとだったら、どうしてぼくに名刺をくれたりするだろう。そうだろう?

そうだとも。

でも、ぼくはダリナ・カミクを「名前」のノートにも「名字」のノートにも書いておいた。人間、どうなるのか分からないのだから。ひとりのカミクもそこにはない。ダリナもない。だって、ダリナ(Daryna)は硬いほうのyで書くから。[*1]「名前」のノートにはほかにふたりのダリナ(Darina)がいる。ひとりはダリナ・ウクライチョコヴァーで市場のそうじ婦だが、もうひとりはダリンカ・グナーロヴァーだ。

きのうぼくは、労働組合会館の前でダリンカ・グナーロヴァーを見かけた。かのじょは言った。

「サムコ、あなたとは十五年ぶりね」

それはつまり、ぼくと会うのは十五年ぶりだということを意味していた。

ぼくはそれにどう答えていいのか分からなかった。だって、十五年ではなくて、ぼくがかのじょのお母さんの葬式でかのじょを見、またかのじょの夫の黒人を見たときからまだ九年しかたっていなかったから。

＊1　イの音はyとiの表記があり、前者を硬いイ、後者を軟らかいイとして区別する。

でもぼくはそのことをかのじょに告げたくなかった。

かのじょは例の短いスカートに、とても長くて、それでゆうに二本分が作れそうなベルトをつけていて、あまり健康に良くないだろうにそれをすごくきつく締めあげていた。オタタが具合が悪くなったときには、すぐにズボンやシャツやそのほかいろいろを緩めたものだ。そしてぼくたちは静かにしていなければならなかった。だって、オタタの具合が悪いのだから。当時オタタは飲み込むのではなくて、舌の下から取り込む錠剤を使っていた。

本当の本当に、舌の下から取り込むのであって、飲み込むやつではなかった。ただ舌の下から取るのだ。それはとても重要な錠剤で、常にオタタの傍らになくてはならなかった。その錠剤なしには、地区組織の集会にさえ出かけなかったほどだ。

給水塔のトンコの一件があったとき、オタタはすごく具合が悪くなり、四つのクッションを重ねて部屋で横になって、ひどい興奮のあまり指が真っ白になってしまい、爪はまるでインクに浸したように青くなっていた。当然ながら指をインクに浸したのではなくて、指関連の病気だったのだ。

その指で電灯をさして、もし上のものが知ったらこれを放ってはおかない、一大事になるぞと言った。上とは電灯のことを意味していたのではなくて、人間のことだ。電灯のことを考えていたと思うほど、ぼくはまったくの阿呆ではないのだ。電灯はただの電灯で、あの「上のもの」ではない。やはり上のほうにあるとはいえ、ひとが上のものというときには、誰も電灯のことを考えたりしてはいないのだ。

それはもう論外の話。

その後またオタタが入院したとき、あそこに、つまりペニスにガンができたからだったけれど、上をさして、上のものがやって来る、一大事になるぞと言った。それは共産党が上から去らなければならなくなって、あの別の人たちがやって来てからのことで、ぼくとイワナは病院にお見舞いに出かけたのだが、オタタはものすごく腹を立てたのだった。だって、イワナがコートに小旗を付けていて、それはかのじょが共産党ではなくて、あの別の人たちを望んでいるというしるしだったから。直ちにそれをはずすように、とオタタはささやいた。だって、ガンのせいでもう叫ぶことができなかったから。

そのときも指で上をさし、おまえらはかれらを知らないが、わしはよく知っている、すべてはみんなが本性を現すように仕組まれていたことで、やがてかれらは戻って来る、そのときは一大事だぞ、と言った。

それでイワナは、オタタが興奮しないように小旗をはずした。オタタはもう八十九歳だったし、それでなくても病気だったのだから。

廊下へ出るとイワナはそれをまたピンでとめ直した。やがてオタタは死んだ。

やがて葬式があった。

葬式でぼくたちみんなは、とても悲しんで涙を流した。イワナだけは泣かなかった。アルフ・ネーヴェーリの件以外で、かのじょが泣くのはこんりんざい見たことがない。あのときはトイレの床に座り込んで、涙と鼻水とよだれを流していたけれど。

そのほかにもいろいろ。

家族のなかでいちばん泣いたのはマルギタだった。かのじょはよい心を持っているからで、次に泣いたのはぼくで、いちばん泣かなかったのはイワナだった。だって、かのじょはブラチスラヴァのたいした芸術家だし、葬式にはいつもサングラスをかけていたから。おかげで、みんなはかのじょが泣いているのかどうか分からなくて落胆したのだった。

ぼくは落胆しなかった。イワナが泣かないのを知っていたから。ほかにもいろいろ知っていたから。

オママが死んだときにいちばん泣いたのはオタタで、あまりひどく泣くものだからみんなが哀れんで、気の毒にあんなに泣いて、と言ったものだ。ところがいちばんすごく変てこだったのは、オタタが声を張り上げて泣けば泣くほど、母とオトおじさんが泣かなくなったことだ。そして、オタタがオママと一緒に墓穴へ飛び込みそうになったとき、母は背を向けて家に帰ってしまった。すごく変てこな話で、まだ終わってもいないのに葬式から帰ってしまったとみんな首をかしげた。あとで母は、具合が悪くなってしまったから帰ったのだ、と言ったけれど。

でもぼくは、具合が悪くなったからではなくて、ほかのことで帰ってしまったのではないかと、たまに考えることがある。だって、その後、まだ終わってもいないのに葬儀から帰ってしまったと、みんなが母をなんとなく特別な目で見るようになったから。コマールノでは、自分の母親の葬式が終わる前に帰ってしまったというような話は、いままでなかったから。

ぼくは帰らなかった。だって、残っていたから。

ぼくは誰の葬式だって最後まで残っている。死者をむっとさせたくなかったし、ぼくは阿呆などではちっともないから、礼儀をわきまえているのだ。

ぼくは阿呆などではちっともないのだから。

ぼくがほかのみんなと同じようであり、ほかのみんなと同じであるからこそ、みんなはぼくを尊敬しているのだ。オタタだけは、坊ずはオママのあの血を引いていると言っていた。オママにむかっ腹を立てたときなど、オママのおばあさんは半分ハンガリー人だっただけでなくて半分ジプシーでもあったから、チョンカ・エステルなどという名前だったのだ、と言った。

だけれど、それはまったくありえない話だ。ぼくは誰に限らず、チョンカ・エステルは半分ハンガリー人だっただけでなくさらに半分ジプシーでもあった、などと口にするのが大嫌いだ。それはありえないから。世の中の誰であれ、スロヴァキアの誰であれ、チョンカ・エステルは半分ハンガリー人だっただけでなく半分ジプシーでもあったなどと、なんとなく思いつきで口にしたりしてはいけないのだ。

そんなことは禁止されなければいけない。

ぼくがふつうのスロヴァキア系スロヴァキア人であることを文書で証明すべきなのだ。そうすれば、誰ひとり、チョンカ・エステルについてそんなことを口にしたりできないだろう。そうすれば、言いつけられて、罰則関連が付いた問題になるだろうから。

ただひとつだけ理解できないのは、どうしてオタタがイワナやマルギタについては、ふたりにあの血が流れていると一度も口にしなかったのだろうということだ。イワナはいつだってピアノ関連でやってきたし、大勢のジプシーが楽器関連でやっているのは明らかなのに。で、ぼくが楽器関連だったことは一度もないのに、オタタはぼくについてはそれを言ったのだ。

だから、ぼくはグナール・カロル博士のところに出かけ、オタタが何を言ったかを話した。グナール・カロル博士はとてもいい人なので、ぼくがいい坊やであり、オタタはきっとただふざけただけだと言った。

それでぼくはほっとした。共産党はなんでも知っているのだから、チョンカ・エステルのことがもし本当だったら、グナール・カロル博士は知っているはずだ。知らなかったということは本当のことではないのだ。

ぼくは心底ほっとした。

もしそれが本当だったら、グナール・カロル博士はぼくが働き者だからといって尊敬してはくれないだろう。だって、やはりそんな血を受け継いでいるのなら。そうだろう？

そうだとも。

ぼくはいかなる血だって受け継いではいないのだ。

ぼくはほかの人たちみんなと同じなのだから。もし同じではないなら、ぼくはまるで異なるということになる。でもぼくは清潔な二間のアパートを所有しているし、期限通りに何でも支払っているし、自分でなんでも申請することだってできる。特に何も申請はしないけれど。だって、マルギタが全部してくれるから。かのじょは、子供を孤児院に送る仕事の関係で、たくさん知り合いがいるので。

お金関連でもぼくは裕福だ。ぼくは貯蓄家だし、お酒やタバコ、そのほかのからだに悪い馬鹿げたものにお金を使わない。ぼくが飲むのはケフィアとアオイ入りの「片隅の涙茶」だけだ。

何よりいいのはケフィアだ。

ケフィアはとてもからだにいいから。いいだけでなくほかにもいろいろ。

だからぼくはケフィアだけ飲むし、馬鹿げたものにお金を使わないし、そのおかげでお金関連では裕福なのだ。お金は通帳に記載されている。ひとは用心深くなければいけないから。暗証番号だってある。暗証番号を考えたのはぼく自身だ。でも、暗証番号をここに書いたりはしない。ひとは用心深くなければいけないし、たとえいまぼくは作家であるにしても、用心深くなければいけないから。書くことはできるのだけれど、例のコロマン・ケルテーシュ・バガラについて、ぼくはかれを知らないから何も言いたくはないけれど、あとで何か問題が起きるかもしれない。ひとは用心深くなければならない。いったい何がどうなるやら、誰にも分かったものではないのだから。

コロマン・ケルテーシュ・バガラのことをイワナに聞いてみようかと思った。かのじょは誰のことでも知っているから。でも聞かなかった。だって、かのじょはなぜそんなことを聞くのかすぐ知りたがるだろうし、かのじょには話したくないから。つまり、かのじょはあんなふうだから。

かのじょはいい性質をまるで持っていない。

ぼくはとてもたくさんいい性質を持っていて、とても用心深くさえある。だから、お金関連でいかに裕福かも書いたりしない。マルギタの息子のパトリクがアメリカへ行くとき、かのじょはイワナからお金を借りようとして、でも政治関連のことでけんかになり、それでもう借りる気がなくなって、ぼくから五万コルナ借りたいと言ったので貸してあげた。だって日曜日にお昼をごちそうになりに行っているし、それになぜ貸したくないのかということを、どういうふうに伝えたらいいのか分からなかったから。それで、ぼくは貸してあげた。そうしたら夫のヴァレント・アンカが、今年は五十歳になるのでコマールノのハンガリー人がいまだ目にしたこともないようなお祝いをやるから、おまえのことも招待してやろうと言った。

でも、おまえも招待してやろう、だなんて言う必要はないのだ。ぼくを招待する必要なんてないのだ。

だって、そんな馬鹿げたことにさく時間はぼくにはないから。野外で天然素材のグラーシュ[*1]を作ってたるづめのビールを出すと言ったけれど、香辛料が利いているからその天然素材のグラーシュなんて食べられないし、ビールはアルコールが強すぎて飲めないのだから。

それにみんなはきっとぼくをじろじろ眺め回すだろう。だって、造船所のなんだかんだの技師さまたちだから。ぼくは働き者だけれど、香辛料が利いているから天然素材のグラーシュは食べられない。当然のことだけれど、ぼくは香辛料の利いた天然素材のグラーシュを食べてはいけないのだ。だって、自分の健康には気を使わなければいけないから。

だからその件は論外。

でも、イワナとジェブラークのことは、いったい招待するのかどうか知りたかった。政治関連のことでかれらはいつもけんかしていたから。最後にけんかをしたのは、ぼくが住んでいる部屋のなかで、テーブルの周りにみんなで立ったまま、外国の言葉を使ってけんかしていた。最初にヴァレント・アンカが自分は造船所の技師であり人生のなんたるかを知っているが、イワナはいつも外国をほっつき歩いていて、人生のなんたるかを知らないのだと言った。するとイワナが、自分はいつも外国をほっつき歩いていて、人生のなんたるかを知っていて、ヴァレント・アンカは造船所の技師で人生のなんたるかを知らないと言った。

それからあれこれと外国の言葉で罵りあって、イワナとジェブラークはブラチスラヴァへ帰り、それ以来顔を合わせるのは葬式のときくらいだ。だけれど、ヴァレント・アンカのお祝いは葬式ではなくてお祝いなのだから、かれらを招待するのかしないのか興味があったのだ。

でも、イワナがぼくは衛生的でないとしつこく言うようならば、ジェブラークにかのじょのことを言いつけてやる。そうしたらどうなるか。

ぼくはもうグナール・カロル博士に、トイレでイワナがどんなふうだったかを話した。だって、ジェブラークの兵役とズルダケの一件があったときに、かれらのことをすべて話すようにと言われたから。それで話したのだ。あの人たちはすべてを知っていなければならないのだから。もしあの人たちが知らずにいたら、つまり知らなかったことになるのであり、共産党が戻って来たときに、ぼくらが知っているのになぜ自分たちは知らずにいたのかと聞かれ、それはもう一大事になるだろうから。

というわけで、ぼくはグナール・カロル博士にすべてを告げたのだが、かれはイワナがわれわれの道徳にとても批判的だったし、こういうことは予期されていたことだと言った。

そして、ぼくにポプラト製のゴーフレットをくれた。カルロヴィ・ヴァリのゴーフレットはもう買わないのだと言った。チェコのではなく、スロヴァキアのゴーフレットを支持しなければいけないから。

ぼくもチェコのではなく、スロヴァキアのゴーフレットを支持する。

だって、それはとてもおいしくてからだにいいから。

グナール・カロル博士だって支持しているのだ。だって、チェコのではなくてスロヴァキアのものだっ

＊1　ハンガリー発祥の煮込み料理。羊や牛の肉と野菜を煮込んだパプリカ風味のスープ。ハンガリー語はグヤーシュ。

ておいしくてからだにいいから。

おいしくてからだにいいだけでなく、ほかにもいろいろ。

きのうぼくは、労働組合会館の前でダリンカ・グナーロヴァーを見かけた。握手を交わして、ぼくは笑った。どうしたらいいのか分からなかったから。でも、ダリンカ・グナーロヴァーも笑ったので、ぼくが笑ったことも別に変なことにならなかった。

ダリンカ・グナーロヴァーはひとりで、ぼくもひとりだった。だって、みんなはぼくとあまり道を歩かないから。だって、荷車といっしょに歩くとき、たくさんダンボールを積んでいて自分の前も見えないほどだから。せめて後ろが見えるようにと、ぼくはバックミラーを取り付けたのだ。それが折れてしまった例のバックミラーで、そのせいでいま作家をしているのだ。

ぼくが道路交通の参加者である点も重要なことだ。みんなと一緒にわけもなく行ったり来たりするわけにはいかない。だって、ぼくは道路交通の参加者であり、道路交通をじゅんしゅしなければいけないから。そのためにバックミラーも付けているのだし。

昔、コマールノにひとりの男がいて、名前をメルジョフ・マリアーンといい、警官をしていた。あるときかれに荷車にクラクションも取り付けるようにと言われた。クラクションとは自動車に付いているもので、それで音を鳴らすのだ。クラクションという名前だ。で、ぼくは若造のサーラーシに、ぼくの荷車にクラクションを取り付けてくれるようにと言ったが、かれは笑って付けようとしなかったので、付けるように強く言うとかれは取り付けてくれた。で、街を行くときにクラクションを鳴らす。だって、ぼくは道路交通の参加者なのだし、それは安全上の義務なのだから。ボタンを押すようになっていて、そのボタンはぼくが手のなかに握っている。まだ壊れたことがないので、壊れたクラクションは持っていない。ついでながらそれは電池で動き、電池は取り替えなければならない。だって、電池は消もうするものだから。安全上クラクションを鳴らすと、それによって消もうするのだ。

若造のサーラーシは、ボシ＝モイシ・ヤーンがいつも自己紹介するときに歌うのと同じ歌を奏でるクラクションを持っていると言った。でもそれは欲しくなかった。だって、荷車を修理に出しているというだけで、ぼくとボシ＝モイシ・ヤーンはなんの関係もないし、もしそんなクラクションを鳴らしたりしたら、みんな変てこだと思うだろうから。

ぼくだって変てこだと思うだろう。

警官をしていて、安全上クラクションを付けるように勧めてくれたメルジョフ・マリアーンには妹がいて、リーヴィアという名前で、子ども関連の保母をしていた。あるときメーデーでしこたま酔っぱらい、友好会館の前でいっぺんにふたりとあれをしていた。あれを。性的なことを。そこには移動遊園地も来ていて、子どもたちがかのじょを見て叫んだ。

「労働にはえあれ、同志保母先生！」

でも、かのじょは酔っぱらっていてこれに気づかなかった。そして、かつて囚人だった男が、警官をしているメルジョフ・マリアーンに、あんたの妹がいっぺんにふたりの男としているけれど、どうしたもんだろうかと遊園地から電話をした。メルジョフ・マリアーンはすぐにパトカーでやって来て、かのじょを乗せて家に連れ帰った。庭の井戸のそばにかのじょをおろすと、水をぶっかけ、ベルトを取ってかのじょを殴った。正気に戻るまでめちゃくちゃに殴った。いっぺんに二本のベルトで殴った。

正気に戻るとかのじょは家の中に這って逃げようとした。だって、みんなが塀の上にのぼって見つめていたからだけれど、メルジョフはそんなことは気にしなかった。だって、かれは警官だったから。意識がなくなると、またかのじょに水をぶっかけて、ベルトで殴り続けた。

リーヴィア・メルジョホヴァーはピオネールのスカーフにピオネールの制服を身に着けていた。スカーフは水に濡れて色が落ち出し、白いブラウスに赤いピオネールのスカーフの色が移った。だって、スカーフの色が落ちたから。

その後、メルジョフ・マリアーンは庭にかのじょを放ったらかして仕事に戻った。

みんなも家に戻って、リーヴィア・メルジョホヴァーにとってこの件は忘れられるものではないだろう、と言った。

ぼくもそう言った。

リーヴィア・メルジョホヴァーはたぶん忘れなかったろうけれど、それについて誰も知ることができなかった。だって、失神から覚めるとひどくどもるようになって、生涯二度とまともに言葉を口にできなくなったから。言葉の最初のところしか言えなかったから。

その後は結婚もせずに兄と暮らし、どもるので、もう子ども関連の保母もやらなかった。とても控えめで努力家でもあって、どこにも出かけようとしなかった。たまに展覧会に出かけるくらいだった。だって、あんなことがあったあとで刺しゅうを始め、それがとても上手なので、かのじょの刺しゅうは展覧会に出品されるようになったものだから。

コマールノではリーヴィア・メルジョホヴァーほど刺しゅうが達者なひとはいない、とみんなが言った。

　ぼくもそう言った。

　一枚の刺しゅうなどカナダまで持って行かれて、テレビでだって紹介された。リーヴィア・メルジョホヴァーは、世の中じゅうの誰ひとりとして持っていないようなスミレ色の目をしていた。完璧なスミレ色だった。スミレ色の絵の具のようなスミレ色だった。毎晩いつも兄と散歩に出かけ、兄が勤務中は散歩に出なかった。かのじょのことはほかにもいろいろ。

ただひとつだけ理解できないのは、どうしてかのじょのピオネールのスカーフが色落ちしたのかということだ。だって、ぼくのは決して色落ちしないから。ただオレンジ色っぽい赤色をしている、というだけだ。二時間水に浸かっていたって、ほんのちょっとだって色落ちしたことなんてない。

　ぼくのピオネールのスカーフはとてもきれいで良いものだ。

きれいで良いだけでなく、ほかにもいろいろ。

あるときテレビでアメリカ映画を見た。そこではアメリカの兵隊も盗賊たちも、みんなやたらにピオネールのスカーフをしていたので、ぼくはアメリカ人がピオネールのスカーフを持っていることにすごく気を悪くした。かれらのなかには黒人もひとりいたが、かれもピオネールのスカーフをしていた。それでぼくは心底気を悪くした。

　黒人がピオネールのスカーフを身につけるべきではない。それは論外。

ダリンカ・グナーロヴァーの夫の黒人を見たとき、かれはピオネールのスカーフをしていなかった。それでぼくはずいぶんとほっとした。でもそのときは葬式だったし、葬式にはピオネールのスカーフはあまり巻いていかないから、かれがしていなかったのは当然のことだ。

車から降りてきたダリンカ・グナーロヴァーは、全身真っ黒な服を着て、頭にはカーテン付きの帽子をのせていた。夫の黒人は黒いスーツを着ていた。ダリンカはかれの脇下腕をつかんでいた。脇下腕というのは脇下に近いところの腕という意味だ。オママはそれを脇下腕と呼んでいた。ダリンカ・グナーロヴァーはその脇下腕を取って遺体安置所に入って行った。ぼくは外にいた。だって、ぼくはただ見に行っただけで遺族ではなかったから。

アルフ・ネーヴェーリが死んだとき、ぼくはやはり見に行っただけのつもりだったけれど、アルフ・ネーヴェーリは離婚したせいで誰も身内がいないので、つまり遺族もいなかったので、イワナがカンオケのそばに立ち、遺族みたいに立っているようにとぼくの腕も引っ張った。

ぼくはイワナに引っ張られるのが嫌いだ。ぼくのことを引っ張らないでほしいものだ。

でもどうしていいか分からなかったから、イワナと一緒にカンオケの後ろに立っていた。ぼくはちっとも遺族なんかではなかったけれど。イワナも違うけれど、かのじょはどこにでもしゃしゃり出るのだ。

ついでに言えば、アルフ・ネーヴェーリの葬式には、ブラチスラヴァからいろいろなひとがたくさん来た。だって、かれはとても有名人だったから。もっともぼくは知らなかったけれど。もともとブラチスラヴァの人はあまり知らない。ぼくが知っているのはコマールノの人たちなので。

だって、ブラチスラヴァはとても遠いから。

でも、カンオケの後ろに立っているのはぼくにとって都合がよかった。みんなは向かい側に立っていたので、かれら全員を眺めることができたから。
イワナはサングラスをかけていた。だって、かのじょはそんなふうだから。
葬式で太っちょのマニツァも見かけた。ぼくはかれが嫌いで、だって、かれが初めにぼくをはやし立てたからだ。次のように。

サムコ・ターレ、ウンコターレ。

それでぼくは、こう叫び返してやった。

マニツァ、マニツァ、ナニがちっつぁ。

みんながそれを笑ったので、マニツァは恥ずかしがった。いい気味だ、太っちょのマニツァめ。かれがアルフ・ネーヴェーリの葬式で何をしていたのか、ぼくは分からない。太っちょのマニツァなんかにたずねたりしないから。毎日でもアルフ・ネーヴェーリの葬式に通うがいいのだ。太っちょのマニツァが何をするのかなんて、ぼくにはどうでもいいのだ。
かれはダリンカ・グナーロヴァーの最初の夫で、結婚したのはふたりとも十六歳のときだった。だって、マニツァもぼくらの同級生だったからで、でも当時はまだ太っていなかった。いまはすごく太っている。あごの肉がネクタイにくっつくほどの太っちょだ。

ぼくは全然太っていない。だって、健康的な生活習慣を保っているから。

ダリンカ・グナーロヴァーと離婚して、マニツァはヴァレント・アンカの妹と結婚した。かのじょはアンカ・アンコヴァーという名前だ。つまり、いまは太っちょのマニツァとぼくは親類ということになる。だって、親戚の関係なので。それでもぼくはかれにあいさつしない。だって、かれもぼくにあいさつしないから。だったら、どうしてかれにあいさつする必要があるだろう。かれが最初にぼくに向かって叫び始めたのだし。

「サムコ・ターレ、ウンコターレ」と。

ぼくが臭うなどというのは論外だ。ぼくは臭わない。ぼくは衛生的だし、衛生的であるほかにもいろいろだから。マニツァは嫌いだ。だって、ほかの人たちまでぼくに向かってそう叫ぶようになったからで、だからぼくもまたマニツァに叫び返した。

「マニツァ、マニツァ、ナニがちっつぁ」と。

でも、ぼくはマニツァのナニがどんなかは知らない。だって、ぼくはホモなんかではちっともないから。でもそれはとてもユーモラスだし、マニツァは自分が小さいのを持っていると恥じいった。あれが。ペニスが。

いい気味だ。

いまは失業者関連の役所で働いている。それは、働いていないおかげで職のないひとに、お金をあげるところだ。

ぼくは障害年金生活者だけれど働いているのに、いろいろな学校を出ながら働かないで、働かないことでお金をもらっている人たちがいる。

ただひとつだけ理解できないのは、働いていないのにどうしてかれらにお金をあげるのだろう。共産党があったころは誰もお金をあげたりしなかったし、みんなが働いていた。失業関連のひとなんて、当時は誰もいなかった。

ぼくも失業関連のひとではなかった。

わが家でもみんなが働いていたわけではなかったけれど、それは失業関連ではなくて身体障害関連のためだった。うちには障害者が三人いたから。母は背中関連で、オトおじさんは稲妻関連で、ぼくは腎ぞう関連だったけれど、ぼくらはみんな働いていた。だって、ぼくらは働き者だから。オトおじさんは働いていなかったけれど、使命を担っていると信じていて、少なくともキノコ採りをしていた。母は子どもたちに教えて働き、子どもたちは二〇チェコスロヴァキア・コルナを支払っていた。だって、当時はまだチェコスロヴァキアだったから。それでもオタタは、それはいけないことで、そのことで問題になるかもしれないと言っていた。だって、母は年金生活者なのに、子どもたちは母に一時間二〇チェコスロヴァキア・コルナを払っていたので。それでオタタは、子どもたちにお金ではなくて卵や野菜、果物やそのほかの現物をもらって教えるように、と母に命じた。母は子どもたちにそのように指示した。

ところがあるとき、エヴァ＝マーリア・キッシュトートヴァーという名前の、ピアノを習いに母のもとへ通っていた女の子が、足が三本しかない古い椅子を荷車に乗せて持って来て、両親がこれを寄越したと言った。母は涙を流すほど腹を立てて、エヴァ＝マーリア・キッシュトートヴァーを椅子ともども家に帰した。

その後、ふたたび母は、二〇チェコスロヴァキア・コルナを持ってくるように子どもたちに伝えた。

でも、ぼくはなぜ母がそんなに腹を立てたのか理解できない。父は工作関連では器用だったからその椅子を直せただろうし、少なくとももう一脚の椅子を手に入れることになって、そうなればとても便利なことだったろうに。だって、うちは五人家族だったから、椅子が五脚しかなかった。マルギタがヴァレント・アンカと結婚すると、これはかなり不便な事態といえた。いつも別の椅子を部屋から持ってこなければならなかったから。

それはとても不便な事態だった。

ぼくの台所には椅子が三脚ある。だって、それ以上椅子が収まらないからで、それはそれでとても便利だ。

ぼくのところに客はあまり来ない。だって、そんな馬鹿げたことに使う時間はぼくにはないから。だから、三脚でキッチンの椅子はじゅうぶん。

アルフ・ネーヴェーリもぼくのところには来なかった。だって、行きたいときには、ぼくがかれのところに出向いたから。そうするといつも、カルロヴィ・ヴァリ製のゴーフレットをすすめてくれた。かれはスロヴァキアのゴーフレットを支持していなかったから。もっともかれはそれを食べなかった。だって、ただお酒だけ飲んでいたから。

あるときかれが何か書いているのを目にして、また作家をするのかどうか聞いてみた。するとかれは、もう作家はしない、分かってしまったから、と答えた。

でも、何が分かってしまったのかは言わなかった。だからぼくもかれが何を分かってしまったのかは知らない。だけどぼくには不思議だった。当然のことだと思うけれど、分かってしまったら、そのときにこそ作家になるべきではないのだろうか。そうだろう？

そうだとも。

ぼく自身、ボシ＝モイシ・ヤーンのところに荷車を持っていかなければならないと分かってしまったとき、作家になったのだ。かれが何を分かってしまったのか誰も教えてくれなかったので、実際のところ何を分かってしまったのかぼくは知らないけれど。いったいかれは何を考えていたのだろうかと、ときどき、たまにだけれど、いつも考える。

とても変てこだ。

あるときイワナがぼくのところに来て、というか、かのじょはぼくのところではなくてアルフ・ネーヴェーリのところに来たのだけれど、ぼくもそこに行ったのだった。だって、ひとは何がどうなるやら分からないからとても用心深くなくてはいけないし、ぼくはとても用心深いから。そのときかれは、もし何か書くとしたらそれはこんなタイトルだと言った。

遺体安置所－痛いわ地上の運命

そのときぼくはこれに大笑いした。「遺体安置所－痛いわ地上の運命」はユーモラスだったから。でも、イワナもアルフ・ネーヴェーリもちっとも笑っていなかった。笑わないのならどうしてユーモラスな文を考えたりしたのか、ぼくには分からない。

それで、ぼくももう笑わないようにした。

誰も笑わなかったら、それはもうユーモラスとはいえない。そうだろう?

そうだとも。

何かがユーモラスかどうか、ぼくはすぐに気がつく。だって、ユーモラスならみんなが笑うから。イワナはほかの人たちが笑っているのかどうかなんて、まったく気がつかない。あれこれの学校を出ていて、いつもテレビにもしゃしゃり出ているというのに。

マルギタは少なくともテレビにしゃしゃり出ることはない。かのじょは子供を孤児院に送る関連の仕事だけをしている。ヴァレント・アンカがしゃしゃり出るかどうかは知らない。だってテレビに出たのは一度だけで、ぼくたちは南部の人間なので、ハンガリー人にいかに迫害されているかを話しただけだから。

でもそこでいちばん重要だったことは、最後に番組協力者の名前が出たとき、ヴァレント・アンカではなくてヴァレント・アンチャ[*1]と書かれていたことだ。それ以来、造船所ではかれをアンチャと呼ぶようになり、そのせいでかれは気分を害してくつじょくを味わった。その後、あれはテレビがわざとやったのだ、大胆にもハンガリー人を批判したからで、ハンガリー人はいたるところに、ブラチスラヴァのテレビ局にだっているのだ、と話していた。

ハンガリー人はいたるところにいる。コマールノにはいちばんいる。でもなぜここにいるのかは知らない。だって、誰もぼくに教えてくれなかったので、ぼくには分からない。それからハンガリーにもハンガリー人はたくさんいるが、それは誰も気にしない。誰もがいちばん気にしているのはコマールノにもいることで、かれらのおかげでぼくらがとてもひどく迫害されていることだ。

ぼくもかれらのおかげでとても迫害されている。

それからヴァレント・アンカも、かれらのおかげでとても迫害されている。だって、テレビでアンチャと名前を笑いものにされて気分を害し、くつじょくを味わったのだから。

昔、コマールノにひとりの男がいて、といってもコマールノ出身ではなくて、マルハニという村の出身だったけれど、それがどこかは知らない。ダニエル・ガビカという名前で、兵役でコマールノにやって来た。コマールノには兵役のための場所もあるのだ。ほかのみんなは、女性の名前のようなガビカ[*2]という名字をからかった。けれども、かれは女性ではなかった。たんにそういう名字だった。

かれは初めのころはただそれを笑い流していて、かれを女性のように呼ぶことを気にしている様子を見せなかった。いつもみんなはかれに言った。

「ガビカちゃん、今日は何人の男としちゃったの?」

何もかもうまくいっているように思えたのだけれど、ある夜かれはパジャマの上に軍服一式、靴、そのほかいろいろを身につけて、ドアをこぶしで叩き、叫び始めた。

「奴を打て、殴れ、叩きのめせ!」

ほかのみんなは目を覚まして笑った。それがユーモラスに思えたからだけれど、やがて笑いやんだ。

---

*1　アンチャは女性名アンナの野卑な呼称。
*2　女性名ガブリエラの愛称。

だって、ちっともユーモラスではないと感づいたからで、誰やかれや医者やらを呼ばなければならなくなり、医者はかれが発狂したと診断した。精神病院に送らなければならないほど、きっぱりと発狂していたのだった。

その後ダニエル・ガビカは精神病院に入り、誰もかれのうわさは耳にしていない。だって、精神病院に入ったままだから。

ぼくもかれのうわさは耳にしていない。

あるときぼくは老いぼれグスト・ルーへに、ダニエル・ガビカはずっと精神病院にいるのかどうかたずねてみた。かれはお酒を一杯要求して、アスファルトの上にチョークでこう書いた。

「大いなる空虚」

老いぼれグスト・ルーへが「大いなる空虚」でなにを言わんとしたのか、ぼくにはさっぱりだ。それでどんな「大いなる空虚」なのか聞いたけれど、かれはたとえ二杯のお酒でも二度は占わないので、ダニエル・ガビカに関して何が「大いなる空虚」と思ったのか、ぼくには分からない。

老いぼれグスト・ルーへは決してまともなことを書かない。ただ一度だけ、ぼくがオトおじさんが戻ってくるかどうかをたずねたとき、まずお酒を一杯要求してからチョークでこう書いた。

「戻らない」

それ以来、ぼくがたずねるべきではなかったのか、もしくは老いぼれグスト・ルーへが「戻らない」とはっきり書くべきではなかったのではないかと、ときどき考えることがある。「分からない」と書くことだってできたのではないかと思う。そうだろう？

そうだとも。

老いぼれグスト・ルーへが居酒屋の前のアスファルトに書くことを、ぼくはちっとも信じてはいない。だって、アル中で、下唇があごまで垂れ下がっているのだから。それにしても、「戻らない」とはっきり書く必要はなかったろう。そうだろう?

そうだとも。

イワナも一度かれのところに出向いたけれど、何を占ってほしかったのか、ぼくには教えてくれなかった。でも、かのじょには行かないようにと言ったのだ。だって、女性にはさわらせないと占いをしないのだし、でもイワナときたらあんなふうなので、ブラチスラヴァのたいした芸術家なのだから、自分にはさわらずに占いをしてくれるだろうと思ったのだ。ところがまったくぼくの言った通りだった。ぼくにはいつだってなんでも分かるのだから。だって、それを知っているのだから。

しかしイワナはさわらせなかった。おかげで占ってもらえなかったけど、それでもかれに五〇コルナをあげた。そのせいで、老いぼれグスト・ルーへは、いつまた姉さんが来るのか、といつもぼくに聞く。そのお金はさっさとお酒関連に使ってしまったから。ぼくはいつも、あんたの知ったことじゃない、と答える。もっともそんなていねいな言い方ではなくて、もっと品悪く言うのだけれど。

しかし、イワナはあんなふうで、きっとまた老いぼれグスト・ルーへのところへ行って、かれのことをあちこちで話すのだろう。かのじょはどこにでもしゃしゃり出るのだから。

マルギタはかれのところには一度も行ったことがない。すごく臭うのでいやなのだ。かれはただ座り込んでいるだけだし、ほかの誰かがその臭いをどうにかしてあげるわけでもなく、臭いは町全体の恥になっている、とかのじょは話している。でもマルギタは、老いぼれグスト・ルーへがバンスカー・シチャヴニツァの出身ではあるけれど、スロヴァキア人ではなくてドイツ人だということで、ちょっとだけほっとしている。だって、かれがスロヴァキア人だとは誰にも言われなくてすむし、つまりオシッコの件で恥をかくのはスロヴァキア人ではなくてドイツ人なのだから。

ちなみにコマールノにはあまりドイツ人はいない。だって、ここにはたくさんのハンガリー人とジプシーがいるから。ほかにヴェトナム人がおもに市場にいるけれど、かれらはいい人たちだ。いばっていないし、ヴェトナム語を話さないから。というかヴェトナム語は話せるのだけれど、お互い同士でだけ話している。ハンガリー人はお互い同士以外でもハンガリー語で話す。

ヴェトナム人がヴェトナム語を話しても、みんなはそれを許すだろう。だって、かれらは一度もぼくたちを迫害したことはないから。だからスロヴァキアではヴェトナム人にそれが許されている。でも、ハンガリー人には許されない。だって、ハンガリー人はいつもぼくらを迫害してきたのだから。それは当たり前のことだ。そうだろう？

そうだとも。

イワナにだけはそれがどうでもいいことで、ハンガリー人をかばいさえする。それで、みんなは、かのじょのことで恥じ入らなければならないのだ。かのじょのことを恥ずかしく思わなければならないのだから、かのじょがあれこれの学校を卒業してコンサートに出ていたところで意味がないというものだ。相も変わらずテレビにしゃしゃり出て、レコードでは白い燕尾服を着込んで髪は真っ黒に染めている。実際はぼくより明るい色の髪なのだけれど。でも真っ黒な髪の毛に染めて、白いえんび服を着て、レコードの写真では舞台にじかに座りこんでいた。

世の中のほかの姉は誰ひとり、そんなふうに写真に撮られたことなどない。

おかげでかのじょのことを恥じ入らなければならない。

一度そのレコードを聴いてみたいとも思ったが、それは人間のためのレコードではなくて、聞くに耐えない音楽が演奏されていた。それは音楽でさえなかった。誰があんな音楽を買うのか、ぼくには分からない。それにイワナは写真では舞台の上に座っていて、ピアノに向かってなどいない。

だって、かのじょはそんなふうだから。

舞台というのは、観客に向かって立つ場所のことだ。そこに立たなければならないのはピアニストだけに限らない。「ピオネールの誓い」を行ったときには、ぼくも労働組合会館の舞台に立った。みんながぼくたちに拍手を送ってくれて、鼓笛隊が太鼓を叩き、ラッパを吹いた。ラッパにはピオネールの旗が吊り下がっていた。旗は金色だった。そこには房だってついていた。房も金色だった。旗にはいろいろな刺しゅうがほどこされていたけれど、何が刺しゅうされていたのかもう覚えていない。だって、旗は主役ではなかったから。「ピオネールの誓い」を行ったぼくこそが主役だったから。

ぼくらのクラスにはたくさんのいい男子生徒や女子生徒やそのほかいろいろがいて、みんなが「ピオネールの誓い」を行ってみたかったのに、上の人たちはみんなにそれをさせなかった。だって、古紙の件で当時すでにぼくは重要人物だったし、古紙の件で『ピオネールの心』ももらい、グナール・カロル博士の友だちでもあったから。

そうでなければ、きっとダリンカ・グナーロヴァーが「ピオネールの誓い」を行ったはずだ。だって、かのじょはいちばんいい生徒だったから。でもかのじょは行わなかった。だって、父親がピオネールのスカーフを結んであげる役の上の人たちなので、ダリンカが「ピオネールの誓い」を行ったら少し変だったろうから。で、かのじょは行わずにぼくが行った。

ぼくは「ピオネールの誓い」を上手に行ったので、みんなはぼくがとても上手に行ったと言ってくれた。いままで誰ひとり、ぼくのように上手に行ったものはいないと言ったほどだ。みんなだけでなくオタタもぼくが立派に行ったと言って、それでぼくたちはケーキ屋に行くことになったのだ。

それからみんなは、ぼくが見事な敬礼をしたとも言ってくれた。あまり見事な敬礼をしたので、うまく敬礼ができない子供たちにはぼくが教えてあげたほどだ。ぼくはいまでも見事な敬礼ができるけれど、いまはもう敬礼は行われなくなってしまった。だって、ピオネール団員もピオネール指導員も廃止されてしまったから。ピオネール指導員というのはピオネールを指導するひとのことである。ほかにもピオネールのクラブがあったし、そこでぼくらはいろいろと楽しくていい遊びをした。どんな遊びをしたのかはもう覚えていないけれど。でも、とても面白いものだった。面白いだけでなく、ほかにもいろいろ。

「ピオネールの誓い」のときに、もともとぼくと一緒に行くのは父だったはずなのだが、かれは行かなかった。背中の痛み関連で母の世話をしなければならないから、と言い出したので。でも、世話なんかしなかった。言い訳を思いついただけだ。ただ馬鹿にしていたから行きたくなかったのだ。

でもそれは好都合だった。父は何が起ころうと、グナール・カロル博士をケーキ屋に招いたりしないだろうから。だって、倹約家だからそんなところに行ったことはないので。

オタタも倹約家ではあったけれど、グナール・カロル博士を招いた。だって博士はとても控えめで、ユーモアがあってたくさんの冗談を知っていたので、かれのことをオタタは尊敬していたから。かれが面白い冗談を言うと、オタタはすごく長いあいだ笑った。二度と笑いやまないのではないかと思うほど長く。それからいつも言うのだった。

「いやあ、これはよくできとる」

つまり、それは冗談がよくできているという意味だ。

グナール・カロル博士もオタタが大好きだった。だからオタタにいつも面白い冗談を言うのだった。

ぼくたちは黄色いジュースを飲んだ。

世の中にはほかにもいろいろなジュースが、たとえば赤いのもあるけれど、ぼくは黄色いのが好きだった。赤だって好きだけれども。だけれど、いちばん好きなのは黄色いジュースだ。

グナール・カロル博士が何か言うと、ときどきオタタは「いやあ、これはよくできとる」とは言わずに、ただ長いこと笑ってからこう言ったりした。

「あなたはたいしたやんちゃ坊ずだ」

するとグナール・カロル博士も笑って喜んでいた。だって、たいしたやんちゃ坊ずだったから。

特に、みんながカトゥシャと呼んでいたトンコ・セジーレクの母親について話していたとき、オタタは博士のことをそう呼んだ。グナール・カロル博士はいろいろな楽しい出来事について語ったけれど、ぼくとダリンカ・グナーロヴァーは空気を吸いに外に出された。

なぜ空気を吸いになのか、ぼくには分からない。だって、ケーキ屋にだって空気はあるから。もしなかったら、かれらだってそこにとどまることはできないだろう。オタタは、ぼくとダリンカ・グナーロヴァーが空気を吸いに行くようになんて本当のところ思っていなくて、ただ意味はないけれど、ぼくたちが空気を吸いに行くようにと言ったのではないかと、ときどき考える。かれらは共産主義のことを何か話したかったのだろうと、ときどき考える。だって、ふたりとも共産主義の人たちだったし、共産主義のことはいつだって重大な秘密だったからだ。

きのうぼくは、労働組合会館の前でダリンカ・グナーロヴァーを見かけた。黒いTシャツを着ていた。真っ黒いやつで、まるきり長さがなかった。だって、とても短かったから。すごく短くて、腰までとどかなかった。おへそが丸見えだった。ぼくはそれを眺めたくなかった。だって、ぼくはとても知性的だし、なぜダリンカ・グナーロヴァーのおへそを眺めたりする必要があるのだろう。ただひとつだけ理解できないのは、どうしてもっと長いTシャツを買わなかったのかということだ。自分のおへそを見せるようなものを着ているなんて変てこだったから。それはあまり礼儀にかなっていないだろう。つまり、おへそが礼儀にかなっていないと思っているわけではなくて、おへそを見せるのが礼儀にかなっていないということだけど。

だって、それは礼儀にかなっていないから。

礼儀のほかにもいろいろ。

母は礼儀にかなっていないようなものは決して身につけなかったし、おへそも見せたりしなかっただろう。マルギタもだけれど、かのじょはむっちりしているから。イワナも着ないけれど、イワナはあんなふうなので、ひとはかのじょのことを恥じ入らなければならない。

ぼくもときどきかのじょを恥ずかしく思っている。

マルギタのことをひとは恥じ入る必要はないから、ときどきですらぼくはかのじょを恥ずかしく思うことはない。かのじょはイワナのようではないので。だって、イワナのほうはブラチスラヴァのたいした芸術家だから。

でもひとつだけ理解できないのだけれど、ブラチスラヴァのたいした芸術家たちときたら、どうしてひとが恥ずかしく思わなければならないような連中なのだろう。

アルフ・ネーヴェーリのこともときどき恥ずかしく思うことができたのかもしれないけれど、その必要はなかった。だって、かれはどこにも出かけず、ただシャワーを浴びているだけだったから。ただテレビを持っていなかった。しかしそのことを誰も目にしなかったので、おかげでぼくは恥ずかしがる必要はなかった。

だからぼくは恥ずかしがらなかった。

ぼくのことは誰も恥ずかしがる必要がない。だって、何がなんでどうなっているのかをぼくはとてもよくわきまえていて、とても好かれているし、道路でもぼくが叫ぶのはぼくにだれかが叫ぶときだけで、それ以外は叫んだりしないから。ぼくは何がなんでどうなっているのか、よくわきまえているのだから。

そういうわけだから、ぼくはおへそが見えるTシャツを着たりはしない。着たらみんなに何か言われるだろうから。

コマールノでは、トンコの母親のカトゥシャ・セジーレコヴァーがまだ未婚の母でなかったときに、どんなふうで何をしていたかとか、当時はまだ宗教のことで悩んではいなかったけれど、男性たちとの性的なことで悩んでいたとか、みんながよく話していた。やがて私生児のトンコが生まれた。つまり、トンコは少なくともかのじょの息子ではあったのだ。その後ふたりとも、悩みを抱えるシングルマザーと父なし子になった。

昔コマールノにシングルマザーの女がいて、フェルティゴヴァーという名前だった。かのじょは娘を持つシングルマザーだった。男性に対して反感を抱いていたので、娘が生まれても結婚しないほうを選んだ。やがてその娘が大きくなると、かのじょもまた男性に反感を抱くようになり、かのじょもまたシングルマザーとなった。だって、かのじょにも娘が生まれたから。

こうしてフェルティゴヴァーは三人になり、みんなはかのじょらをフェルティゴヴァーの三人組と呼んで、あれこれとうわさした。しかし、かのじょらは例の反感のせいでそれに気がつかずにいた。

ところがそうこうするうちに、ダダーコヴァーという名字の女がやって来て、息子のダダークが真ん中のフェルティゴヴァーに対して裁判を起こすと言った。だって最年少のフェルティゴヴァーはかれの血を分けた娘なのだから、裁判で争う権利があると言うのだった。で、かれは裁判をしてもらうために裁判所に出かけていって、裁判所はかれが最年少のフェルティゴヴァーの父親であると判決を下した。こうして裁判に勝って、裁判所は最年少のフェルティゴヴァーにかれがお金を支払うことを許可した。

それ以来ダダークはお金を支払うようになったのだけれど、フェルティゴヴァーの誰ひとり、そのことでかれを尊敬する気配はなかった。かれを笑い者にし、男性に対して反感を抱き続けていたから。

このようにあざけられたおかげで、ダダークは自分が独りぼっちだと思ってなんにつけても悲しく、自分が不幸せだと感じるようになり、そのためかれの母親は、どうにかしなければいけないと意を決した。だって、あざけられたおかげで息子がそんなふうになってしまったことが無念だったから。フェルティゴヴァーたちがみんな私生児なのにたいして、ダダークはそうではないのにもかかわらず、かれが笑い者にされているのが無念だったから。

それで、ダダーコヴァーは老いぼれグスト・ルーへのもとに出かけて行き、エリク・ラクにやったように真ん中のフェルティゴヴァーに呪いをかけてくれたならば、ブタを一頭進呈しようと申し出た。

ここのところを書いたあとで、老いぼれグスト・ルーへがどんなふうにエリク・ラクに呪いをかけたのか書くことにする。またもや忘れていたので。

でも老いぼれグスト・ルーへは、あそこをさわらせてくれる場合にだけ呪いをかけると言いはり、かのじょはひどく腹を立て、家に戻るや脳こうそくを起こして死んでしまった。だって、かのじょはもういい年だったし、この件で気分を害していたから。

かのじょを埋葬することになり、埋葬するためには葬式もあったわけだけれど、誰もかのじょを哀れむことはなかった。だって、みんなはかのじょが真ん中のフェルティゴヴァーに呪いをかけようとしたことを知っていたからで、よそのひとに落とし穴を掘って自分でそこに落っこちた、と言ったものだった。

ぼくもそう言った。

だって、とても教訓的な出来事だったから。

その後、誰ひとりとしてダダークと口を利こうとしなかった。だって、だれもかれと口を利きたくなかったから。で、ダダークは納屋で、ダダーコヴァーが老いぼれグスト・ルーへにあげようとしたブタの隣で首を吊ってしまった。

その首吊りのせいで葬式が行われたとき、フェルティゴヴァーの三人が揃って葬式に顔を出したけれど、まるで涙を流さなかった。

　ぼくもまるで涙を流さなかった。

　ダダーク・エウゲンという名前で、母親のほうはダダーコヴァー・エルヴィーラという名前だった。

　ぼくはダダーク・エウゲンのことをとてもよく知っていた。ぼくの母のピアノ関連の最後の生徒だったからで、かれはもう大人だったけれど、ピアノ関連の教養を身につけたかったのだ。母はいつも、ダダーク・エウゲンはピアノのセンスがあると言っていた。

　母はいつだって、誰がピアノのセンスがあるのかを見抜いた。たとえば、ダリンカ・グナーロヴァーにはすごくピアノのセンスがあって、やめてしまったのはすごく残念だと話していた。ダリンカ・グナーロヴァーがやめたのはピアノのおかげでひどく手を痛めたことがあったときで、それ以後弾くのを止めてしまい、二度とピアノのためにうちへ通ってくることはなかった。

　誰にセンスがあるかということに関して、母はたいへんなセンスがあった。だって、母もピアノ関連でたいした芸術家になれるはずだったから。でも背中が痛む病気になって、その後はたいした芸術家にはもうなれなくなってしまった。

　母がまだとても小さかったころ、つまりまだ四歳だったのだけれど、ピアノ関連ですでにたいした芸術家で、マサリク大統領の前で演奏したことがあった。

　マサリクは、まだチェコスロヴァキアだったころに大統領を務めたひとりの大統領だ。でも、かれは労働者のではなくて資本家の大統領だった。

　母はトポリチャンキ[*1]でピアノを演奏した。そこにいつも大統領が通って来ていたから。母は白いドレスを着て行った。かのじょと一緒にオママとオタタとオトおじさんもいた。あとで母はサイン入りの写真と人形をもらった。ガチョウと女の子の人形だった。全部が磁器製だった。母はずっとそれらを大切にして、飾り戸棚の中に置いていた。

写真にはマサリク大統領が写っていたけれど、ぼくはそれを見たことがない。だって、もう資本家ではなくて共産党がいたからで、オタタはそれを燃やしてしまった。だって、写っているのがマサリクで、かれは資本家の大統領だったから。

母はそれをとても悲しんで、それはオタタがかのじょにたいしてやってはいけないことのひとつだったと言っていた。

でもオタタはやってしまった。かれはとても用心深かったから。

母はマサリク大統領が大好きだったし、ぼくの父も、かれがチェコ人であるにもかかわらず好いていたのだった。父がいちばん嫌っていたのは初めての労働者の大統領のゴットワルト・クレメントで、馬鹿にしてこう言っていた。

「ちっこいゴットワールト、でっかいクレージーワールド」

つまり、父は罵っていたのだ。だって、クレージーは外来語の罵り言葉だから。

ぼくは、父が初めての労働者の大統領ゴットワルト・クレメントを罵るのがあまり好きではなかった。

＊1　西スロヴァキアの町でマサリクの別荘があった。

グナール・カロル博士に知られるのが怖かったから。博士は帽子とイニシャルの関連で、ゴットワルトが大好きだったから。父が初めての労働者の大統領ゴットワルト・クレメントにたいして言っている言葉を知ったら気分を害するのが怖かったので、かれにそれを伝えたほうがいいと思った。何がなにやらでいったいどうなるのか、決してひとは分からないのだから。そうだろう?

そうだとも。

グナール・カロル博士はぼくがそれを告げたことをとても喜んでくれた。

それで、ぼくも一緒にふたりして喜んだ。

共産党のグナール・カロル博士のところへ行くとき、いつだってぼくは楽しかった。だって、誰でもかれでもなんとなくそこに行けるわけではなくて、行くことのできるものだけがそこに行けたから。そこには大きな階段があって、守衛がいた。守衛は制服を着ていた。守衛のひとはみんなぼくのことを知っていて、サムコが来たと言って、訪ねてもいいかどうか、すぐにグナール・カロル博士に電話をしてくれた。だって、かれのところにはただ行きたいひとが行けるのではなくて、行くことのできるひとだけが行けたから。

ただなんとなく、というわけにはいかなかったのだ。

女性の秘書がいて、壁には木製のキャビネットがあった。とてもきれいだった。

たとえばぼくの父は一度も共産党に出かけて行ったことがない。母もだ。ぼくだけがそこに行った。オタタも行ったけれど、かれは一階止まりだ。だから、行きたいときに共産党に行けるぼくを、みんながうらやんでいた。グナール・カロル博士のドアにはこう書かれていた。

「グナール・カロル社会学博士　書記」

ときには、ぼくは待たなければならなかった。かれらはすごく働き者で、つまりすごく働いていたから。そういうとき、ぼくは廊下の窓から給水塔を眺めていた。つまりグナール・カロル博士を待っているとき、いつも給水塔を眺めていた。

それはとても高かった。

その周りには塀が立っていた。トンコ・セジーレクのことがあってから、周りに塀が建てられたのだ。塀もとても高かった。

ぼくは背が高くないけれど、それは例の病気があるからで、それ以外は健康で働き者だ。みんなや、またみんな以外の人たちも、誰もがぼくを尊敬している。

尊敬するほかにもいろいろ。

ただひとつだけ理解できないのだけれど、なぜトンコは、ダリンカ・グナーロヴァーが何をしようとかれにはどうでもいい、などと言ったのだろう。そう言ったのに、ときどきかのじょのことをじっと見つめていて、ぼくには何がなんでどうなっているのかさっぱり分からなかった。それほどにじっと見つめていたから。かのじょもまたかれをじっと見ていたけれど、女の子はみんなかれのことをじっと見ていた。だって、かれは体育関連で飛び抜けていたからで、そのせいで女の子たちはみんなかれに目を奪われていたのだ。

ぼくはかれに目を奪われなかった。だって、ぼくは男だから。

しかしトンコは、ダリンカ・グナーロヴァーが何をしようと関係ないと話していた。かのじょは真っ白な歯をしていて、勉強関連でクラス一のいい生徒だったのに。

ときどきトンコは、上のほうがどんなふうか、いかにみんなが愛しあっているかとか、かれの父がそこにいることとか、父がかれのためにやって来たらぼくのことも連れて行ってくれるとか、すべてがうまくいくだろうとか、そういったことを語ってくれた。そこにダリンカ・グナーロヴァーを連れて行くとは一度も言わなかった。ダリンカ・グナーロヴァーには興味がないと言っていたから。

だから、給水塔にはダリンカ・グナーロヴァーも行くはずになっていたと知ったときには、ぼくはとても不思議に思った。

だって、かれの父と上のほうの件に関してはいつだって大きな秘密だったし、ぼくは誰にも、グナール・カロル博士にさえ話していなかったから。だって、博士にトンコに関しても伝えるべきなのかどうか、ぼくには分からなかったから。カトゥシャ・セジーレコヴァーに関してはときどき伝えた。だって、ときどきぼくらはかのじょを職場に訪ねていたから。かのじょは下水道局で働いていた。それは下水やそのほかいろいろ水関係の場所だ。そこでカトゥシャ・セジーレコヴァーは仕事をしていた。ぼくとトンコはときどき行って、ハンコを押すことさえできた。

カトゥシャ・セジーレコヴァーはいろいろなハンコを持っていた。ぼくはハンコを押すのが大好きだった。だって、ハンコがとても気に入ったから。たまには封筒にもハンコを押した。そのこともとても気に入っていた。

わが家では誰もハンコを持っていなくて、そのことがぼくにはとても気に入らなかった。だって、ハンコを押すのは素晴らしいことだから。父は技術家庭関連の仕事をしていて、そのようなひとはハンコを持っていない。母も背中関連の障害年金生活者だから、やはり持っていなかったし、オタタも罫線なしではあるけれど重要なノートを持っていたのに、ハンコは持っていなかった。

いまは誰でもハンコを持っている。廃品回収所のあのとんちきなクルカンさえも。だけどかれにたいしては、ハンコを押したいなどと口が裂けたって言ったりはしない。だから回収所のとんちきなクルカンは、ぼくがハンコを押したがっているなんてこれっぽっちも思ってはいけない。

イワナもジェブラークも持っていない。芸術家はハンコのいらない仕事だ。マルギタだけは子供を孤児院に送る関連の仕事でハンコを持っている。そこではハンコは必需品なので。

だけどマルギタは、ぼくが職場へ訪ねて行くことを喜ばない。だから職場へかのじょを訪ねたことはまったくないし、封筒にハンコを押させて欲しいと言うこともできない。だって、職場にかのじょを訪ねないのだから。

たまに日曜の昼食のときに、マルギタはどこの子供をどんなふうに孤児院に送ったか、またそれをめぐって何が起こったかなどについて話す。そんなときには、ぼくだって封筒にハンコを押せるのだし、どんなふうに子供を孤児院に送ったかとか、それをめぐって何が起こったかなどを毎度毎度話す必要はないのにと、ときどき思う。

その仕事のせいで、マルギタはコマールノのひとすべてを知っているし、またすべてのひとのほうもかのじょを知っていて、すべてのジプシーがかのじょを怖がってきちんとあいさつをする。

ぼくはかのじょが怖くない。だって、ジプシーではないから。

マルギタが小さいとき、かのじょもピアノを弾かされた。でも母は、イワナのようなピアノのセンスがないと言って、その後マルギタは弾かなくてもよくなった。ほんの少し以外は。ぼくは全然ピアノを弾く必要がなかった。ピアノはいつでも家にあり、いつだって弾くことはできたのだけれど、ぼくは弾かなかった。だって、弾けなかったから。

父もピアノが弾けなかったが、結び目は作れた。結び目の作り方の本を持っていて、気が向いたときにはぼくに本を渡して、ぼくがたとえば「漁師結び」と言うと父が「漁師結び」を作ったりして遊んでくれた。あるいはほかにも「グランド結び」とか。父は本にあるすべての結び方ができたけれど、ぼくにはあまりその遊びは面白くなかった。だって、つまらなかったから。

それでもたくさんの結び目の作り方を教わった。それはとても役に立った。荷車にたくさんダンボールを積むとき、落ちないように結ばなければならないから。だからたとえば「グランド結び」を知っていることはとても役に立つ。

「グランド結び」はとてもすぐれていて、決して落ちることがないのだ。

たとえばジェブラークは、結び目を作ることがまるきりできなかった。どんな結び目もできるぞ、試してみるか、と父がかれに本を渡したときも、ジェブラークはまるで訳が分からないと言う表情をしたので、父は、まあいいさ、と言った。あとで、ジェブラークときたらまったくの物乞い野郎で、「グランド結び」どころか自分の靴ひもだって結べやしないだろう、と言った。

機嫌のいいときには学校の子供たちにも、本のなかにある結び方ができるかどうか、自分を試してみるように言った。

本のタイトルは以下の通り。

『百とひとつの結び目の作り方』

父はすべての結び方を知っていた。それは役に立つものだった。役に立つほかにもいろいろ。ジェトヴァから祖父がうちに遊びに来ると、エミルが引っ越してしまって以来、ジェトヴァの誰ひとりとしてこんな結び方はもう知らない、とジェトヴァの誰それが言っていた、といつも話すのだった。

ぼくの父はそれを聞いてとても喜んだ。

ぼくもそれを聞いて喜んだ。

うちではオトおじさんも結び目の作り方を知っていたけれど、結び目のことでぼくたちを試すことはなかった。だって、かれはキノコ関連の使命をになっていたので。かれは例の稲妻のせいで障害者だったから、みんなは何につけてもかれのことは大目に見ていたけれど、それでも不思議そうにかれを眺めたものだった。だって、コマールノでは誰もしたことがないようなことをしていたから。

たとえば、オトおじさんはキノコと会話した。

それは実際、そうとうに変てこだった。

あるときぼくは森に連れて行かれた。コマールノにはそうそう森はないのだけれど、オトおじさんはひとつだけ見つけたのだ。そこにはキノコが輪っか状に生えていた。ぼくはでたらめを言っているのではない。本当に輪っか状に生えていたのだ。そして輪っかの真ん中にはキノコは生えていなかった。

おじさんは輪っかの真ん中に立って言った。

「こいつはコマールノのサムコ・ターレだ」

誰かがぼくをキノコに紹介するのは、かなり変てこな気がした。だって、キノコと会話するひとなど一度も見たことがなかったので。ときどき父もラジオとは会話するけれど、キノコと会話するひとなんて世の中に、テレビの中にさえいない。

だからぼくにはかなり変てこな気がした。

それからオトおじさんは、これはおまえの輪っかで、そこにはいつでもキノコが見つかるだろう、と言った。でも、その後二度とぼくはそこに行かなかった。だって、その輪っかがどこにあったか忘れてしまったから。

オトおじさんはそのとき、世の中の誰もが自分の輪っかを持っているのであり、それが見つかったならば、どのキノコが自分の体と心に奇跡をもたらしてくれるのかが分かるのだと話した。かれの輪っかはソビエト連邦のバラハシカ村に、小屋のなかで稲妻が肩に落ちて足から出て行った例の小さな村にあると言った。

オトおじさんによれば、もっとも肝心な点は、失神状態から覚めてほかの同志のところに戻って来たとき、その小屋がちょうどキノコの輪っかの上に立っているのに気づいたことだ。その輪っかこそが稲妻を引っ張りだしてくれたので、肩にとどまらずに足から出て行ったのであり、おかげで命が助かったのだと、おじさんはずっと思っていた。もっともそのために、例の使命のほうが体内にとどまってしまったのだけれど。

オトおじさんはときどき、その使命を貸してくれたのはキノコなのであり、時が来ればキノコに返さなければならないと言っていた。

返す、とはどういうことなのか、ぼくには分からない。キノコに返す、というのはまったくもって馬鹿げているから。だって、誰かが何かをキノコから借りるというようなことはまるで聞いたことがないので。そんなことはありえないと思う。オトおじさんはかなり変わっていたし、かなり変わっていたから誰もかれとその件で言い争わなかったけれど。

とにかくかれは変わっていたので。

その後たまに、ぼくのキノコの輪っかがどこにあるのか忘れてしまったことは、とてもいいことだと考えることがある。だって、ぼくは何も借りていないとはいえ、何がなんでどうなるものやら、ひとは分かったものではないのだから。何かをキノコの輪っかから借りて、あとでそれを返さなければならなくなるほど、ぼくは阿呆ではないのだ。そうだろう？

そうだとも。

ぼくは誰からも何も借りたりしない。自分で自分のことはできるし、誰からも何も借りる必要なんてないのだから。

借りるなんてありえない。

さらにオトおじさんが変わっていたのは、原子バクダンの投下にたいして人類をどのように救済できるか知っている、と話していたことだ。

オトおじさんによれば、もしバクダケを栽培したならば、原子バクダンが投下されても人類を治療できるという。

バクダケというのは、地面にではなく、まるで釘みたいに木に生えているキノコのことだった。オトおじさんは、バクダケにはさまざまな効能があって、その効能により、家にバクダケを栽培していれば人類は災害を避けられるのだと話していた。だって、そのキノコは放射能の灰を食べてしまうから。

つまりバクダケからは糸が、そして糸からは背広を仕立てることができるので、人類がそのバクダケ製のスーツを身につければ、原子バクダンの投下から身を守れるのだ。

当時はみんなが原子バクダンの投下を恐れていた。だって、それが義務だったから。いまはもう人びとは原子バクダンの投下関連であまり怖がっていなくて、ほかのあれこれに関して怖がっている。だけど、当時いちばん恐れられていたのはバクダンの投下関連だったのだ。

昔、コマールノにひとりの女性がいて、フスリチコヴァーおばさんという名前で、墓地の裏手にある古い家々のあたりに住んでいた。かのじょは、原子バクダンの投下にたいしてはカラシがいちばん有効だと信じていた。つまり、カラシを塗りたくったひとは原子バクダンから身を守れる、と。

そのためかのじょはカラシを買いまくって、ぼうだいな量を所有していたので、貯蔵室に収まらなくなると居間と地下室に、やがて住まいじゅうにカラシ用の特別な棚を設けた。そのあげく、いたるところカラシ用の棚だらけになってしまった。

やがてあるときに死んでしまって、三週間もしてから居間で見つかった。居間から漂って来た臭いのおかげで発見されたのだった。居間で死んだのは幸運と言うべきで、もし裏手の部屋で死んでいたらもっと長いあいだ発見されなかっただろう。

フスリチコヴァーおばさんには世の中じゅうで隣人以外には誰も身内がいなくて、それで隣人たちが住まいを整理して空にした。空にするために、例のカラシを全部ゴミ捨て場に運んだ。それはものすごい量で、ゴミ捨て場と同じくらいの大きさになった。それでもほとんど誰ひとりとして、ジプシーでさえそれを持って行こうとはしなかった。

フスリチコヴァーおばさんの祈とう書のなかに、「カラシ受け取れず」と名付けられた人名リストがあった。もし原子バクダンが投下されたときに、誰を救わないことにするかがたちどころに分かるように、フスリチコヴァーおばさんは準備怠りなかったのだ。そのリストにはたくさんの名前が消されたり、また再度書き加えられたりしていた。何人かの名前は赤鉛筆で消されてあった。

フスリチコヴァーおばさんは国の費用を使って無料で埋葬された。だって、例の買いもののおかげで、死後にお金がまったく残されていなかったから。

かのじょの葬式に来たのはふたりだけで、いまではどこに墓があるのかも分からない。だって、雑草が生い茂って、そのせいで見えなくなってしまったから。

フスリチコヴァー・ボジェナという名前だった。

ぼくはカラシが大好きだ。特にソーセージにつけるのが。ソーセージは大好きだ。ときには四本も食べてしまう。ときによっては三本。ときには朝食に食べる。ときによっては二本だけ。カラシ付きのソーセージがぼくはいちばん好きだ。

好きなものはほかにもいろいろ。

オトおじさんはバクダケについて、それがどれほど重要なものであり、どのように栽培して糸を紡ぐのかを上の人たちにも書き送ったが、だれも返事を寄こさなかった。上の人たちはオトおじさんが神経関連の障害者であると十分に承知していて返事を寄こさなかったのだが、するとおじさんは大統領にまで書き送った。それからときどき、誰もバクダケを栽培したがらないのなら、いったいどうやって人類を救済したらいいのだと、台所で泣いていた。

その後ロウを塗ったテーブルクロスの裏側に、おじさんは「安全な町」という題名の絵を描いた。それはペンで書かれていた。ひとつの町まるごとと、町まるごとの上に屋根が描かれていた。屋根にはバクダケが生えていた。オトおじさんは、この屋根の真上に原子バクダンが投下されても町は助かるし、被害を受けることだってないだろうと言った。

ところがバクダケにはひとつ大きな問題点があって、雨が降ると、そのあとでひどく臭うのだった。部屋の中に置くこともできたけれど、それでも雨が降るとそれを察知して臭うのだ。カビの生えたジャガイモみたいに臭った。雨のあとでバクダケはそんなふうに臭ったのだ。カビの生えたジャガイモみたいに。

ぼくは、人類がそれを栽培しようとしなかったのは、ひどく臭ったからだろうとたまに思う。カビの生えたジャガイモみたいに。

さらにオトおじさんは、バクダケについてアメリカにも手紙を書いた。だって、こちらでは誰も返事を寄越さなかったから。でもアメリカからの返事の代わりに、おじさんは警察に呼ばれて、もうどこにも書いたりしてはいけない、さもないと問題になるぞと言われた。

だけどオトおじさんはやめなかった。使命を担っていると信じていたから。使命ゆえにアメリカやそのほかいろいろへ書いてもよいのだ、と。オタタはすごく怖がって、手紙を送れないようにかれを閉じ込めた。それでもオトおじさんは夜中にときどき逃げ出した。だって、キノコが必要だったから。戻って来たら来たで、新聞紙に包んだキノコを家に持ち込むし、森のなかで寝たせいで体じゅうがひどく汚れていた。

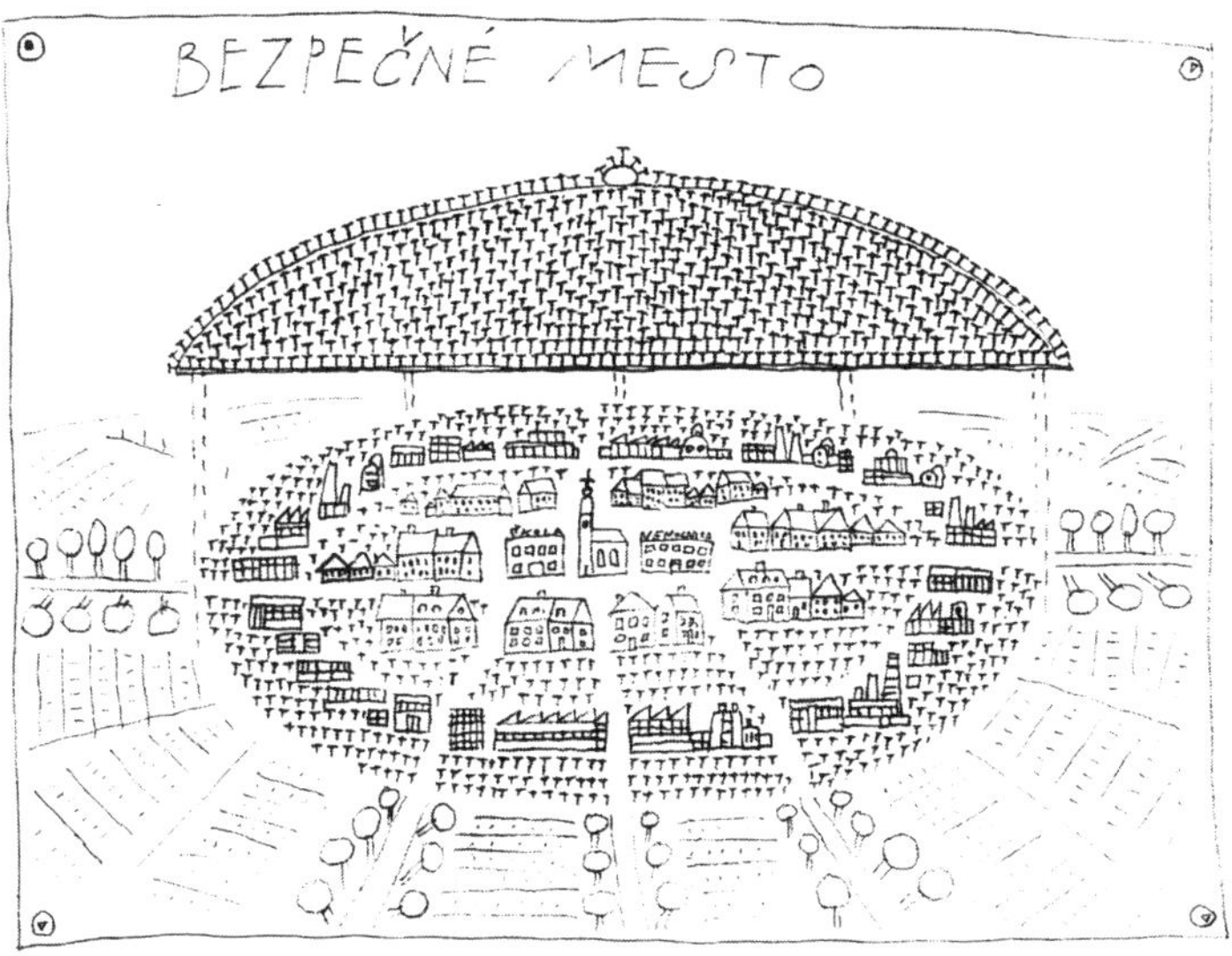

おじさんは「安全な町」という題名の絵を描いた。

オタタはかれのことをとても恥じていた。

だから、ぼくもかれのことをとても恥じていた。

アルフ・ネーヴェーリがオトおじさんの後がまとして部屋に引っ越して来ると、そのロウを塗ったテーブルクロスを壁に絵みたいに掛けて、テレビ代わりにそれを眺めながらお酒を飲んだ。

やがてかれが死んでしまうと、イワナがそのロウを塗ったテーブルクロスを外して、自分がもらってくと言った。

勝手にもらっておけばいいのだ。ぼくが必要としているとでも思ったのだろうか。ぼくには必要ないのだからもらっておけばいい。ぼくは自分のテーブルクロスはたくさん持っているし、そんなものはこれっぽっちだって壁に必要ない。だって、自分で買ってきたとてもきれいな絵が壁に掛かっているのだから。しかも自分で荷車で運んで来たのだ。だって、三枚もあったから。それらはとてもきれいだ。きれいな額だってついている。一枚目は「平野の春」というタイトルで、平野の春が描かれている。二枚目は「平野の夏」というタイトルで、平野の夏が描かれている。三枚目は「平野の冬」というタイトルで、平野の冬が描かれている。「平野の秋」は買わなかった。だって売っていなかったから。でも、それはとても都合がいいことで、四番目の壁はベランダになっていてそこに絵は不要だから。

額は金縁だ。ときどきほこりをふき取らなければいけない。ほかにはもう、この絵について何を書いたらいいのか分からない。

たまにテレビを見ているときに、でもただ誰かがしゃべっているだけで、面白くなくて結局見ていないときに、「平野の夏」を眺める。だって、それがテレビの上に掛かっているから。

「平野の夏」はとてもきれいだ。

でも、何よりもいいものと言えば連続ドラマだ。連続ドラマは大好きだ。連続ドラマはとてもすばらしくって、とてもきれいだ。それのいちばんいいところは、いつもとても正確に始まることだ。つまり、ぼくがそれでいちばん好きなのは、いつも同じ時間に始まるということ。それがいちばん好きな点。

世の中の誰だって連続ドラマが好きだ。

ぼくも連続ドラマが好きだ。

好きなものはそのほかにもいろいろ。

でも、イワナだけは例外なのだ。かのじょは連続ドラマに関して敵対的で、イワナが連続ドラマを馬鹿にしていつもその悪口を言うのが、ぼくにはとても嫌だ。でもただひとつだけ理解できないのだけれど、連続ドラマがお気に召さないのなら、いったい何がお気に召すというのだろう。だって、連続ドラマはみんなのお気に入りなのに。そうだろう?

そうだとも。

たとえばマルギタは、それを見ながらときどき馬鹿にしてはいるけれど、お気に召している。ヴァレント・アンカはたまに見ている。ときどき馬鹿にしながらだけれど、見ている。かれがいちばん熱心に見るのはスポーツだ。

ぼくはあまり熱心にスポーツを見ない。だって、スポーツ選手を知らないから。それで、かれらをあまりちゃんと見ないし、するとまた誰がだれやら分からなくて見間違えたりもする。ヴァレント・アンカは見間違えない。かれは誰がどのチームか、いつだって正確に分かり、一度も間違えたりしない。

それはとても便利なことだ。

ぼくはスロヴァキアのスポーツ選手を見るのがいちばん好きだ。見間違えないから。だって、かれらはスロヴァキアの選手だから。

応援だって熱心にする。審判がまたスロヴァキアの選手に意地悪をしている、とテレビでいつ言うのかを待ち受けるのだ。みんながそれで興奮して怒る。

ぼくも興奮して怒る。

興奮して怒るほかにもいろいろ。

ただひとつだけ理解できないのは、どうして墓地についてなのだろうということだ。『墓地の書』に何を書いたらいいのか、ぼくには分からない。だって、誰も教えてくれなかったので。コマールノにはほかにいくらでもきれいな場所があって、たとえば市場とかについてなら書けるのに、どうしてまた墓地についてなのかが分からない。もし老いぼれグスト・ルーへがそう占ってくれたら、ぼくはやすやすと『市場の書』を書いただろう。でもかれが占ったのは墓地についてであり、ただひとつだけまったく理解できないのは、墓地についてなどいい本が書けるはずがないのに、どうして墓地についてなのだろう。

墓地についてなんて論外だ。

ぼくは一度すでに試したことがあって、あの短い『第一の墓地の書』を書いた経験からその点は承知しているのだ。とはいっても、『墓地の書』をぼくはいったい書き上げたのかどうか、いまだに自分でも分からないのだけれど。だって、誰も返事をくれなかったから。『墓地の書』にふつう何を書くのか、かれらにも分からないせいだろう、とときどき考えたりする。

アルフ・ネーヴェーリだって、ツィリル・マラツキーだって、世の中じゅうのほかの誰だって、墓地についての本など書けるはずがないだろう。となると、どうしてこのぼくが『墓地の書』を書かなければいけないのか、やはり理解できない。

少しでも何か分かればと、墓守をしているヴィゲーツ・ヘンリフという名前の男に、なんのために墓地で働いているのか、墓地はどんな感じの場所かと、あるときたずねてみた。するとかれは答えた。

「ウンコの上にいるみたいな感じさ」

これは行儀の悪い言葉だし、こんなことを本に書いていいものかどうか、ぼくには分からない。アルフ・ネーヴェーリによれば、アメリカのミレルというひとの本にはまた違った類いの罵り言葉もあるそうだけれど、かれはアメリカのひとだし、アメリカの人たちはなんでもやりたい放題やるものだ。だって、アメリカ人だから。スロヴァキアでも罵り言葉を書いていいものかどうか、そこがぼくには分からない。

ぼくには、行儀の悪い言葉で罵ったりする必要は全然ない。だって、罵ったりしないから。罵るのは、ぼくをはやし立てる人たちやジプシーやホモや、それにあの廃品回収所のとんちきなクルカンに対してくらいだ。クルカンはぼくのダンボールは受け取らないで、あの意地悪な雌ネズミのアンゲリカ・エーデショヴァーのものは受け取るから、それで罵ってやるのだ。

昔、コマールノにひとりの男がいて、でもかれはコマールノではなくてドルニー・クビーン[*1]の出身だっ

＊1　ポーランド国境に近い北部スロヴァキアの町。

た。ドルニー・クビーンとはひとつの町だ。かれの罵り言葉ときたらあまりにすごくて、何を罵っているのか分からないほどだった。チェトロヴェツという名前の男だった。

ぼくがまだとても若かったころ、かれはもうとても年を取っていた。ぼくが紙を集めているのを見ると、わしの紙を盗みやがって、といつも怒鳴った。だって、当時はぼくはダンボールではなくて紙を集めていたから。チェトロヴェツはぼくがかれの紙を盗んでいるからと言って、ぼくを殴ろうとした。だって、コマールノの古紙はすべて自分のものだと思っていたからで、ぼくが古紙を集めてはいけないと思っていたので。つまり、そう信じ込んでいたので。

でも父は、チェトロヴェツを怖がる必要はないと言った。かれは怒鳴るだけで何もしないから、と。それで、ぼくはかれを怖がらなかった。だって、怒鳴るだけで何もしないのだから。

チェトロヴェツがまだドルニー・クビーンにいたころ、誰かが座っているのを目にするたびに、恐ろしく腹を立てた。見かけるとただちに罵り始め、そのおかげでかれの家では誰も座れなかった。食事のときもそのほかいろいろのときも。目にするとチェトロヴェツが恐ろしく腹を立てたから。そんなわけで、食事のときもテーブルの周りに立っていなければならなかった。もし座っているのをチェトロヴェツが見ようものなら、ムチで殴りつけたから。かれは家畜関連でもともとは裕福なひとだった。

家にはいたるところに椅子があった。ただ誰も座ってはいけなかった。で、誰も座らなかったけれど、まず息子たちが全員かれのもとを去り、それに続いて娘が全員去り、ついで奥さんも死んでしまった。最後に、財産が国有化されて財産も失った。

その後チェトロヴェツは、誰かが座っているのを目にすると、それがまったくのあかの他人であって

Tetrovec, dcéry, synovia a manželka

チェトロヴェツがまだドルニー・クビーンにいたころ、誰かが座っているのを目にするたびに、恐ろしく腹を立てた。見かけるとただちに罵り始め、そのおかげでかれの家では誰も座れなかった。

も、座らせまいと罵るようになった。

そしてかれはコマールノに送られてきた。当時は、コマールノにたくさんのスロヴァキア人が住むようにと、スロヴァキア人が大勢送られてきたのだ。

はじめはワイン工場で働いていたけれど、そこでかれは煙たがられた。だって、お座り問題でみんなと、ついには工場長とまでけんかをしたので。そのため年金生活に入り、古紙を集め始めたのだ。

チェトロヴェツは決して座ることなく九十二歳まで生きた。つまり、その後はもう死んでしまった。かれが死んだいきさつは以下の通り。荷車を押していて氷の上ですべり、尾てい骨を折った。尾てい骨とは骨である。あそこの。お尻の穴のところの。

かれは手術を受け、医者はかれに、もう二度とふつうに座ることはできないだろうと言った。それでチェトロヴェツはおおいに怒って、そのせいで死んでしまった。

チェトロヴェツ・ヨゼフという名前だった。

自分の耳には綿を詰めておいて、とてつもなく罵った。

でもコマールノには耳に綿を詰めないで、ぼくに叫ぶ人たちもいた。古紙を集めていたわけでは全然なくても。たとえばスタニスラフ・マニツァのように。

ただ、かれはいまやすごい肥満だ。

マニツァがいまピオネールの制服を身につけるのを、ぜひとも見てみたいものだ。ぼくにはピオネールの制服はぴったりで、いつなんどきでも着ることができるほどだ。もし「ピオネールの誓い」が労働組合会館で行われるという布告がいまあったとして、ピオネールの制服を着ることを考えたら、いったい誰が

「ピオネールの誓い」をしに行けるものか、見てみたいものだ。

ぼくなら三度だって行ける。だって、健康的な生活習慣と戸外で体を動かしているおかげで、太っていないから。それと、ぼくが太っていないのはケフィアのおかげでもある。ケフィアはとても健康にいいから。

健康にいいだけでなく、ほかにもいろいろ。

誰も「ピオネールの誓い」をしに行けそうにないけれど、ぼくとダリンカ・グナーロヴァーだけは大丈夫だ。だって、かのじょも太っていないから。

きのうぼくは、労働組合会館の前でダリンカ・グナーロヴァーを見かけた。かのじょのせいでぼくはとても驚いた。つまり、金色の靴と短いスカートと丸出しのおへそのせいで、すごく驚いた。それで、ぼくはどう言っていいか分からなかったので何も言わずにいたら、ダリンカ・グナーロヴァーがこう言った。

「サムコ、元気？」

かのじょが意味していたのは、ぼくが元気か、ということだ。

で、ぼくは答えた。

「元気さ」

ぼくが意味していたのは、ぼくは元気である、ということだ。

ぼくは自分のことにとても注意を払っているので、それで元気なのだ。さらにみんなに好かれてもいるし、とても知性的でさえある。とても働き者でもあって、そのおかげでみんながぼくを尊敬している。

荷車を押して道を行くと、時には三十人もの人があいさつをしてくる。だって、ぼくを知っているから。ある人たちは、かれらのために運んであげた荷物関連のせいで、ぼくを知っている。知っている人はみんな、「名字」と「名前」のノートにのっている。人が死ぬと、「名前」と「名字」のノートにのっているかどうかを調べなければならない。調べないで「死んだ人」のノートにのせてはいけないからだ。それは当然のことだ。そうだろう?

そうだとも。

「死んだ人」のノートに関して、ぼくにとっていちばんの問題なのが、オトおじさんのようなひとだ。だって、ノートに書き込んでいいものかどうか、分からないから。

「名字」のノートには、もうどのアルファベットのところにも誰かの名字がある。長い間、Qには誰の名前もなかった。でも幸運なことに、ダリンカの夫である黒人を見つけた。かれはクエンティン・サムエルという名で、それでぼくはとてもほっとした。だって、Qのところにも誰かがもういることになったから。

さもなければ、コマールノにはほかに誰もQのひとはいない。クイーンという名前の酒場が一軒あるけれども、それはひとではない。ほかにはQのひとはまるでいない。

たとえばHのところにはたくさんの名前がある。Sにも。

ほかにアルファベットのことで何を書くべきか、ぼくにはもう分からない。

ダリンカの夫の名前がQであることが、ときどきうれしくなる。だって、それ以来ぼくのノートは完全だから。

でもときどき、わざわざそのためにダリンカが黒人と結婚する必要はなかったとも思う。黒人の夫とのあいだにふたりの子どもがいて、ふたりの子どもたちも黒人だ。黒人の子どもたちも葬式に来た。縮れた髪の毛をしていた。アンソニーとアントニーという名前だ。アンソニーが男の子で、アントニーが女の子だ。

とても変てこだ。

名前も同じで縮れ髪も同じだったら、どうやってかれらを区別するのか分からない。ふたりとも黒人でもあるし。マルギタには息子がふたりいるけれど、かれらは簡単に区別できる。だって黒人ではないから。かれらはパトリクとリハルトという名前だ。

イワナには娘が三人いて、ドロタ、ドミニカ、ディタという名前だ。これも便利だ。だって、三人ともイニシャルが同じDのおかげで簡単に覚えられるから。でも、ディタだけは覚えるのが難しかった。だって、コマールノには、そしてテレビにだって、そんな名前の女のひとがいなかったから。だけど、イワナはせめてひとりだけでも、有りそうにない名前を持たなければならないのだ。かのじょはブラチスラヴァのたいした芸術家なのだから。

娘たちは全員ジェブラーコヴァーといったけれど、イワナだけはイワナ・ターレと名乗っている。どのレコードでも、テレビでもそうなっている。まるで男性みたいに、イワナ・ターレと。

だけど、誰だってレコードでジェブラーコヴァーなんて名乗りたくないのは当然だ。そうだろう？

そうだとも。

それにターレというのはとてもきれいな名前で、ぼくも同じ名前だ。ひとつだけ最悪なのは、「ウンコターレ」と韻を踏んでしまうことだ。もし韻を踏まなければ、ぼくはもっと気に入るのに。

みんながターレであるぼくの家族以外に、ほかのターレをぼくは知らない。

いちどテレビで名前が出てきたひとで、エルネスト・ターレというひとを見たことがある。でもかれはTálleと1がふたつあった。ぼくたちはTálleと1はひとつだけだ。

そのターレは動物のはくせいを作っているひとで、ジリナ出身だった。1がふたつではあったけれど。でも、はくせいを作っているというのが、ぼくにはあまり気に入らなかった。ぼくはかれを知らないし、特にかれにたいして何か言いたくはないし、勝手に動物のはくせいを作っていればいいけれど、気に入らなかった。だって、はくせいは臭いから。

ぼくたちの学校にはくせいのキツネがあったので知っている。すごく臭かった。まるで犬みたいに臭かった。

だから、あんな臭いもの関連の仕事ができるひとがいるなんて不思議だ。しかも、ターレという名字だなんて。だったら、みんなはぼくたちも臭いと思うかもしれない。ぼくたちもターレだから。1はひとつだけれど。

でもみんなはそう思わない。だって、ぼくたちを尊敬しているから。特にぼくのことを。ぼくはとても働き者だから。

我が家でいちばん働き者だったのは、いつでもぼくだった。いちばん働き者でなかったのは、いつでもイワナだった。かのじょが働き者だったことはない。働かなくてすむように、たとえばゴミ捨てに行かなくてすむように、ピアノばかり弾いていたから。

マルギタのほうがいつだって働き者だった。だって、かのじょは編み物をしたり、ほかのいろいろな手仕事をしていたので。たとえば息子のパトリクがアメリカへ行ったときには、かれのジャンパーにスロヴァキアの国章を刺しゅうした。だって、そういうものは売っていなかったし、アメリカのみんなに、パトリクがスロヴァキアの国章をジャンパーに刺しゅうしている、とすぐに気づいてもらいたかったから。

それはとてもきれいだった。

すべてがあるべきところにあって、銀の縁取りまでしてあった。誰もが、なんてきれいな国章を刺しゅうしたのだろう、とマルギタをほめた。

ぼくもかのじょをほめた。

イワナは生涯、あるいは生涯以外でも、ジャンパーにスロヴァキアの国章を刺しゅうしたりしないだろう。だって、車にさえ国章をつけたがらなかったくらいなのだから。

ぼくは荷車に国章をつけた。だって、ぼくは道路交通の参加者だし、国章をつけるのは義務なのだから。ほかにも荷車にはヴィタナ[*1]の商標をつけている。それは義務ではないけれど、あるダンボールにそれを見つけたものだから、なんとなく貼ってみたのだ。その場所には、以前とても品の悪い罵倒のしるしが描かれていた。描いたのは、ジプシーではないけれどそんなふうに見える男で、ミツァ・フェルディナントという名前だった。絵の具でそこに、ひとを罵る場合にだけ使うようなしるしを描いたのは、ぼくがポプラト製のゴーフレットを買いに行っているときだった。だって、ポプラト製のゴーフレットはとてもお

＊1　スロヴァキアの食品メーカー。

いしいので。それでぼくはすごく腹が立って、だってミツァ・フェルディナントは薄汚くて、どこでも働いていなくて、働いていないことでお金を受け取っているからで、ぼくはグナール・カロル博士にかれがどんな絵を描いたか、問題になるように言いつけに行った。

そんなことを荷車に描くのは禁じられているのだから。

ところが、グナール・カロル博士はミツァ・フェルディナントのことはどうにもできないと言った。なぜなら、われわれはこういう民主主義を望んだのだから。これを望んだのはわれわれなのだ、と。

でもぼくは、そんなものは望んでいなかった。ぼくはグナール・カロル博士に、世の中じゅうの誰ひとり、スロヴァキアの誰ひとり、イワナとジェブラークを除いて誰ひとり、そんなものは望んでいなかったと何遍も話した。だって、みんな共産党が好きだったのだから。

だって、共産党はとてもすばらしかったから。

だからメーデーにはみんなが行進をしに出かけた。共産党が好きで、共産党にあいさつをしたかったから。

ぼくはメーデーの行進に出かけるのが何より好きだった。みんな楽しんでいて、演だんに手を振った。旗とかそのほかいろいろの振りものを手にしていた。トレポタルカ[*1]という名前の振りものを持っているひともいた。トレポタルカはとてもきれいで、みんなそれを振るのが大好きだった。

＊1　チェコスロヴァキア国旗の青、赤、白の三色の紙を棒の先端につけたもの。

ぼくはメーデーの行進に出かけるのが何より好きだった。みんな楽しんでいて、演だんに手を振った。旗とかそのほかいろいろの振りものを手にしていた。

ぼくもそれを振るのが好きだった。

みんながとても幸せで、幸せなのでこう叫んでいた。

「共産党万歳！」

つまりそれが意味していたのは、共産党万歳、ということだ。

メーデーほど共産党の名前が連呼されることは、年間を通してなかった。みんなとても幸せだった。

僕もとても幸せだった。

ぼくはいつも最初、行列に混じって行進した。行列と離れると、演だんの下で幸せそうにあれこれ振っているみんなのところに戻り、もう一度、ぼくも幸せそうに何かを振るのだった。

演だんの上には常にグナール・カロル博士もいて、かれもまた幸せそうに何かを振っていた。

父だけは幸せそうに振ったりしなかった。だって、かれはそれを馬鹿にしていたから。いつもこう言っていた。


「みんなウジ虫、うじうじ演だんに押し寄せる」


これはすごく失礼な言い方で、父がそんなふうに言うのがすごく嫌だった。グナール・カロル博士は全然そんなふうではなかったから。だって、かれは社会学博士だったのだから。かれらは好きなだけ演だんの上にいられたのだ。べつに押し寄せたわけではちっともなかったのだから。

それに、かれらは幸せそうに笑っていた。

メーデーが終わるといつも、オレンジが売られた。オレンジは当時かなり珍しくて、何気なくオレンジがあるようないまどきとは違っていた。オレンジがあるとみんなに分かるように、当時はメーデーのときだけあったのだ。

ぼくはオレンジがあまり好きではない。だって、皮をむくのがたいへんなときがあるから。ときどきミカンのほうがむきやすくて好きだ。でもミカンには種がたくさんあって、そういうときはあまりミカンが好きではない。

ミカンと一緒にケフィアを飲んではいけない、というのもよくない。

ケフィアは健康にいいのに。

健康にいいだけでなく、ほかにもいろいろ。

ぼくはもうかなり長く作家をしていて、世の中の誰もこれほどたくさん書いたことがないのではないかと、ときどき思う。誰かがこれよりも長く作家をするなんて、もう論外の話だ。とても厚い本があるというのは真実だけれども、ぼくはそんなものは読んだことがない。だって、とても厚い本を読んだりするような、そんな馬鹿げたことに費やす時間はぼくにはないから。

いまの最大の問題は、ほかに墓地について何を書けばいいのか分からないことだ。老いぼれグスト・ルーへが自分で『墓地の書』を書けばいいのに。でもかれはひどいアル中で、もう書くこともできない。酒を飲んで女性にさわることができるように、アドゥラールで占い関連のことをしているだけだ。

ぼくはもうとっくに、作家であることをやめてしまいたいと思っている。でも何よりも重要な点は、もしぼくが「『墓地の書』を書きあげる」というのが事実だとしたら、それは義務なわけで、もしぼくがそれを書かないなら、義務なのにそれをしなかったことになって、問題にされてしまうだろう。荷車がボシ＝モイシ・ヤーンのところにあるのだから、たとえ本当は義務関連でいまは休み中のはずであっても。

ときどき、アルフ・ネーヴェーリに『墓地の書』はどう書くのか聞いておくべきだったと思うけれど、聞いておかなかった。だって、当時はバックミラーが折れることをまだ知らずにいたので。ツィリル・マラッキーになら聞けるかもしれない。かれはとても親切だし、入り口のドアのガラスだってかれが入れ替えてくれたのだから。でも、どうしてそんなことを聞くのかときっと聞くだろうし、そうしたらかれはみんなに話すこともできるわけで、みんなが知ることになって、ぼくが何を書いているのか、聞いたり読んだりしたがるだろう。だけどぼくは、みんなに聞かれたり読んだりされたくない。だって、あとで笑いものにされるだろうから。

そして、ぼくはみんなに笑いものにされるのが嫌いだ。

嫌いなのは、笑いものにされるほかにもいろいろ。

オトおじさんのことを、例の使命の件と、みんなを治療しようとして乾燥キノコをあげた件でいつも笑いものにしていた人たちがいる。

特にセイギダケの件では笑いものにした。そのキノコはそういう名前だった。セイギダケ。オトおじさんによれば、もし幼いときから全人類がそれを食べていたら、人間はみんな正しいひとになる、という効能がある。つまり、セイギダケは人類のすべての悪を滅ぼすだろう、と。

だって、そういうようなキノコなのだから。

でもみんなはかれの言うことを信じず、それで幼いときからセイギダケを食べたりはしなかった。

ぼくも食べたりはしなかった。

セイギダケなしでも、ぼくはとてもいい人間だ。ぼくがとてもいい人間で、誰かを笑いものにしたりしないことからも、それは明らかだ。ほんのときたま、誰かがぼくを笑いものにするときだけ、もしぼくのほうもそいつを笑いものにしなかったら、ぼくのことは笑いものにしていいと思ってしまうだろうから、そのときだけはぼくもそいつを笑いものにすることにしている。

父はなんでもすごく笑いものにするひとで、ぼくはそれがとても嫌だった。それは禁じられていたことだし、そのせいでぼくはいつもとても腹が立った。母は笑いものにしたりしなかった。背中の痛みがあったりピアノを教えていたりだったので、そんな時間はなかったから。マルギタもよい心を持っているので、笑いものにしたりしない。イワナはなんでもかんでも笑いものにする。でもこれからもそうなら、トイレでの号泣関連で言いつけられるだろう。だから、笑いものにしたりしないように。たとえかのじょがブラチスラヴァのたいした芸術家だとしても。

昔、コマールノにひとりの男がいて、かれはいつも笑いものにされていた。だって、名前がなくて、ふつうではない感じだったから。だって、ふつうではなかったので。毎朝ドナウ川に行き、それはコマールノにあるひとつの川だけれど、その河岸で見つけた木を集めていた。それから木を乾かした。乾くとそれを耳に当てて、木づちで叩いた。叩くとどんな音が出るのか、じっくりと聴きいった。気に入るとこう言った。

「よい木である」

それからそのよい木をドナウ川に投げ込んだ。もし気に入らない場合にはこう言った。

「よくない木である」

そしてよくない木もドナウ川に投げ込んだ。

みんなかれのことを笑いものにして、かれを「ヨイキデアル」と呼んでいた。だって、かれがなんという名前か知らなかったし、かれは「よい木である」か「よくない木である」しか、この世で口にすることがなかったから。かれは橋の向こうのゴミ捨て場に住んでいた。

みんなはたまに、叩くために干してある木を見ると、ドナウ川に投げ込んだ。それを知ったら「ヨイキデアル」がどんなに腹を立てるか、と楽しみにした。

ぼくも楽しみにした。

かれはそんなときいつも腹を立てて木づちで地面を叩き、いろいろな叫び声をあげた。叫び声以外はあげられなかったから。

やがてかれは車にはねられてしまった。だって、木を叩いていて注意を怠り、ただ道につっ立っていたものだから。

そして死んでしまった。

その後、名前も持っていて、アベ・ピエールというのだということが書類から判明した。もともとはブラチスラヴァのひとだった。

そんな外国人の名前を持っていながらブラチスラヴァのひとであり、しかもコマールノでふつうのひとではなかったというのが、みんなにはとても不思議だった。

ぼくにもとても不思議だった。

また、ふつうのひとが持っているような、横にまっすぐ伸びるシワではなくて、上から下にまっすぐ伸びるシワを持っていたのも不思議だった。額のシワが横にではなくて上から下にあるひとなど、見たことがなかったから。みんなが不思議がっていた。

ぼくも不思議がった。

父は、ふつうにあるようなシワを持っていたし、ジェトヴァの祖父もそうだった。オトおじさんにはシワがあまりなかったが、耳にイボがあった。ぼくはシワがない。だって、ぼくはまだ若くて、健康的な生活習慣を保っていて体をたくさん動かすから。

特に戸外で。

戸外のほかでもいろいろ。

グナール・カロル博士は額にシワがあって、そのシワは顔をしかめると動き出した。顔をしかめるとシワを動かせるなんて、世の中の誰ひとりとしてできないことだった。それはすごくユーモラスで、かれが機嫌のいいときには、ぼくは顔をしかめてくれるように頼んだものだ。そうするとシワが動いた。どんなふうに動くか、いつも楽しみにしていた。

グナール・カロル博士以外に、世の中の誰ひとりとしてそんなことはできなかったから。

きのうぼくは、労働組合会館の前でダリンカ・グナーロヴァーを見かけた。いちばん重要な点は、かのじょが頭にチョウを乗せていたことだ。

思いつきで言っているのではない。ぼくは、思いつきで口にするような阿呆ではちっともないのだから。頭にチョウを乗せていて、本物ではなかったけれどそれは動いた。

生涯一度も、コマールノでも世の中のほかの場所でもテレビでも、そんなものは見たことがなかった。世の中に、ダリンカ・グナーロヴァーのようにチョウを頭に乗せたひとなどいたためしはない。テレビでぼくはいろいろなものを、たとえば体にイレズミを彫っているひとだって見たことがあるけれど、これまで頭にチョウを乗せたひとはいなかった。

コマールノでもイレズミをしている人たちはいて、たとえばいつも市場でぼくのダンボールを盗むあの雌ネズミ、アンゲリカ・エーデショヴァーは、腕にイレズミをしている。アイ・ラヴ・ラリと。それは、わたしはラリを愛しています、という意味だ。つまり、囚人でジプシーでもあるラリ・フェンシェークを愛しているということを意味していたけれど、それは無駄手間だった。だって、刑務所から戻ってきたら、ラリ・フェンシェークはアンゲリカ・エーデショヴァーではなくて、妹のクラウディア・エーデショヴァーを妻にしたから。いい気味だ、雌ネズミのアンゲリカ・エーデショヴァーめ。

その後、腕にアイ・ラヴ・ラリとイレズミしたことを後悔した。それで、かれとクラウディア・エーデショヴァーを呼びつけて、よく見ておくようにと言ってオノをつかみ、イレズミをした腕を切り落とそうとした。

でもそれほど強くオノを叩きつけることができなくて、骨のところまでしか達しなくて、腕は残されたままだった。結局腕が曲がってしまっただけで、みんながそのことを笑う。

ぼくもそれを笑う。

とんちきなクルカンはそれを笑わない。だって、ジプシー女とだって性的なことをして、紙を張り出すような奴だから。「すぐに戻ります」と。で、すぐには戻らないのだ。

でも、あの意地悪な雌ネズミのアンゲリカ・エーデショヴァーでさえ、頭にチョウなんか乗せてはいない。ダリンカ・グナーロヴァーがそんなものを乗せているなんて論外な話だ。何でそんなものを乗せているのか、ぼくには分からない。ダリンカ・グナーロヴァーには、頭にそんなものを乗せて欲しくない。だから、誰かが頭にそんなものを乗せているときに、それにたいしてどう言っていいのか分からなかった。だから何も言わなかったら、ダリンカ・グナーロヴァーがこう言った。

「サムコ、どこへ行くの」

それはつまり、ぼくがどこに行くのか、ということを意味していた。

「あっちへ」

それはつまり、あっちへ、ということを意味していた。

さらにダリンカ・グナーロヴァーは言った。

「墓地へ行くのだけれど、私と一緒に行かない」

それはつまり、かのじょは墓地へ行くところであり、ぼくが一緒に行くかどうか、ということを意味していた。

どうしたらいいものか、ぼくにはよく分からなかった。ダリンカ・グナーロヴァーとは墓地へ一緒に行くことができなかったので。だって、ぼくは労働組合会館の裏の一方通行の道を行くところで、もしダリンカ・グナーロヴァーと一緒に墓地へ行こうと思ったら、方向転換して一方通行の道を逆走しなければならなくなり、そうなると一大事だったから。荷車を押しているぼくは道路交通の参加者なのだ。だって、荷車のひとにも参加が義務づけられているのだから。

ぼくがほかのみんなとまったく同じように道路交通の参加者であるのは当然のことで、もし方向転換してダリンカ・グナーロヴァーと一方通行の道路を逆走したりしたら、一方通行が分かっていないと笑われるだろう。

なにしろ義務づけられているのだから。

でもぼくはどうすべきなのか分からなかった。だって、どうすべきか誰も教えてくれなかったから。それでとてもいらいらしたけれど、健康関連のせいでぼくはいらいらしてはいけない。だからいらいらしないでこう言った。

「ぼくらの墓地の排水溝、ぼちぼち死人がひっかかる」

それはつまり、これはとてもユーモラスだ、ということを意味していた。

ジェトヴァの祖父もいつもユーモラスな文句を言うのだったが、何かの単語を耳にした拍子にそうした文句を言うのだった。つまり、ユーモラスな文句を言えるような語を耳にしたときに、いつもその文を言うのだった。たとえば墓地という語を耳にするとこう言ったのだ。

ぼくらの墓地の排水溝、ぼちぼち死人がひっかかる。

あるいは、たとえばチョーコロムという語を聞くと、いつもこう言った。

ケゼト・チョーコロム、チュペラ・ザ・コロム。

あるいは、たとえば鐘が鳴るのを聞くと、いつもこう言った。

キンコンカン、ユダヤ人を金庫でガン。

いつもそれはとても面白かった。だからぼくは、こう言ったらダリンカ・グナーロヴァーも笑うと思ったのだ。

「ぼくらの墓地の排水溝、ぼちぼち死人がひっかかる」

でもかのじょは笑わずに、ただ少しだけ首をかしげたので、かのじょの頭の上のチョウがいっせいに羽根を振った。

とても変てこだった。

どうして頭の上にチョウを乗せていたのか、そのことだけはどうしても理解できない。どうして頭に、世間では誰ひとり乗せていないようなチョウを乗せているのか、ぼくは聞いてみようとは思わなかった。だから聞かなかった。

それからダリンカ・グナーロヴァーは言った。

「それじゃあ、わたしはもう行くわ」

それはつまり、かのじょはもう行く、ということを意味していた。

そしてぼくも言った。

「ぼくももう行く」

それはつまり、ぼくももう行く、ということを意味していた。

そして、ダリンカ・グナーロヴァーは立ち去った。ぼくも立ち去った。でも、ちゃんと一方通行に従って立ち去った。ぼくは道路交通の参加者なので、そうでないと問題になるから。

ダリンカ・グナーロヴァーは好きなように行くことができた。だって、かのじょは道路交通の参加者では全然ないから。

ぼくは参加者だ。それだからこそ、みんながぼくをほめるのだ。

みんながぼくをほめる。グナール・カロル博士もいつもほめてくれるけれど、トンコ・セジーレクの一件があったときは特にほめてくれた。だって、ぼくがかれにすべてを告げたから。あとでぼくの肩を叩いて、きみはコマールノでいちばん立派な少年だと言った。だって、かれにそれを告げたのはぼくだったから。

かれにそれを話したのは、給水塔にトンコ・セジーレクと行くことになっていたのは、ずっとぼくだったはずだからだ。かれが十四歳の誕生日にそこへ行くときに、上のほうでは幸福な生活関連で、どれほどに人びとが幸せであるかを見せてくれに、いっしょに連れて行ってくれるといつも言っていたのだから。

給水塔の上には避雷針伝いにしかたどり着けなかった。でもトンコは、かれの父が手伝ってくれるから、きっとうまくいくだろうと言った。さらに、体育関連なら得意だからとも言った。しかし、ぼくは体育関連は免除されていて、だから何がどうなるのやらさっぱり見当がつかなかった。

だいたい、どうして父親と会う場所が給水塔でなければならないのかが分からない。だって、どうしてそこでなければならないのか、誰も教えてくれなかったから。ぼくが知っていたのは、それがかれの十四歳の誕生日でなければいけないということだけだ。

ぼくにも誕生日がある。世の中の誰にも誕生日がある。それは当たり前のことだ。この世の中のひと以外に、死んでしまった人たちにも誕生日がある。

トンコはいつも九月一日が誕生日だった。当時、それは新学年の始まりの日だったから覚えている。新学年はいつも九月一日に始まっていた。[*1] だからぼくはずっとそれを覚えている。

ぼくは十一月十二日が誕生日だ。それは誕生日としてとてもきれいな日付だ。十一月十二日に生まれたことをぼくはとても気に入っている。だから、ずっとぼくの誕生日は十一月十二日だ。

母は生涯ずっとスポーツくじを買い続けていて、家族の誕生日の数字に賭けていたけれど、いちども何も当たらなかった。たくさんのお金をスポーツくじにつぎ込んでいて、もしそれを返してくれたならうちも車が買える、と常々言っていた。

しかし、一度も何も返してくれなかったので、うちには車がなかった。

ぼくらはとても倹約家だったけれども。

あるときジェトヴァの祖父が話していたが、昔ジェトヴァにスポーツくじで一等を当てた男がいたけれど、その後いろいろな不幸に見舞われて、アル中になって離婚もした。それでみんなは、一等賞を当てな

＊1　スロヴァキア独立後、九月一日は憲法記念日で祝日になり、九月二日が始業式になった。

がらいろいろな不幸に見舞われたと、とても喜んだ。みんな、いい気味だと言った。

　ぼくもいい気味だと言った。

　ぼくも一等賞になったが、それはスポーツくじではなくて、紙の回収でだった。学校全体でいちばんになった。だって、誰ひとりぼく以上のいちばんになれなかったから。そしてぼくは『ピオネールの心』をもらい、校内放送でぼくが完璧ないちばんだと報じられた。

　一等賞を取るのはかなり骨が折れた。なんとなく一等賞が取れるというわけにはいかなかった。いつだって回収の準備をこつこつとやっていて、ずっと前からお店の人たちにぼくのために取っておいてくれるように、ほかのひとにあげずに、ぼくだけにくれるように話しておいた。だから、回収を行うという宣言が出たときにはぼくはもう準備万端で、ほかの人たちは準備できていなくて、そのおかげでいつもぼくは学校全体でいちばんになった。

　ぼくはとても働き者だから。

　イワナも昔一等賞を取ったことがあるけれど、当然ながら紙の回収においてではなかった。だって、イワナは古紙関連では怠け者だったからで、取ったのはピアノ関連でだった。一等賞を取ったのはフラデツ・クラーロヴェー[*1]というところでだった。それはチェコのひとつの町だ。当時はチェコスロヴァキアだったから、フラデツ・クラーロヴェーで取ったところで問題はなかったのだ。

　そのあと、いろいろな賞状やメダルをもらい、イワナはピアノにたいしたセンスがあるとみんなが言った。

　ぼくもそう言った。

でもひとつだけこの目で見てみたいのは、イワナがどうやってダンボールを回収するかだ。かのじょは芸術関連だけのひとで、荷車を押しては回収所まではおろか、たった一歩だって歩けやしないだろうから。それと、ひとをだましたり、湿ったダンボールを受け取らない件について、どうやって回収所のとんちきなクルカンとけんかするかも見てみたいものだ。

ぼくはもうずっと前に、グナール・カロル博士にあいつのことを言いつけたのに、博士は、これを望んだのはあなたたちだ、これがあなたたちの民主主義だ、ほかの人たちがとんちきなクルカンのことをきちんとすればいいのだ、と言った。

共産党がまだあった時分には、グナール・カロル博士はきちんとすることができた。だって、かれは上のひとで、上の人たちはきちんとすることが義務だったから。だからダリンカ・グナーロヴァーに関しても、かれはきちんとしたのだ。だって、ぼくがかれに告げたから。だって、いつも話してくれるようにぼくに言っていたから。だってかれはいつも、ぼくがどうするべきかを知っていたから、かれに告げたのだ。だって、ぼくはどうするべきなのか、教えてほしかったから。

それはちょうど学年の始まりの日で、学年の始めにはグナール・カロル博士も来ていた。かれは子どもが大好きだったし、それでなくても何やかやといいひとだったので。だから、学年の始まりには、舞台に立ってマイクに向かっていろいろと話をするために招かれていた。

＊1　チェコ北部の町。

だって、上の人たちはそれが義務だったから。

ほかの生徒たちはかれの話をあまり聞いていないか、あるいはじゃまをしていた。でもぼくは聞いていた。つまり、じゃまはしなかった。でも一度だけ、ダリンカ・グナーロヴァーとトンコ・セジーレクがぼくのじゃまをした。かれらは夜に給水塔に行くけれど、誰にも言わないようにと話しかけたのだ。ぼくはいつ給水塔に行けばいいのか聞こうとしたけれど、かれらはぼくの言うことを聞いていなかった。ただお互いを見つめあって、そのせいでぼくの言うことを聞いていなかった。

それで、ぼくはどうするべきか分からなくなった。分からなかったから、そのせいでとてもいらいらした。

だから、ぼくはグナール・カロル博士のところへ行った。だって、ちょうど新学年の始業式が終わったので都合が良かったから。そして、話したいことがあると言った。かれは、話してごらんと言った。だから、何もかも、ダリンカ・グナーロヴァーに関することも含めて話したのだ。

するとグナール・カロル博士は真っ赤になった。赤くなって、それは赤い絵の具みたいな赤色だった。

つまり、ものすごく赤くなった。

ぼくが話したことで怒られるのだろうか、と驚いた。でも、怒られるのではなくて、ぼくが話したことで感謝された。話したことでとても感謝されたので、ぼくはうれしかった。

そして、自分がきちんとするからこのことは頭から消してしまうように、と言った。

そして、ぼくはこのことを頭から消した。

そして家へ帰った。

そして家にいた。

そして眠った。

そして目が覚めた。匂いがしたので。

なんの匂いだったのか、ぼくには分からない。だって、生涯に一度も、テレビでもかいだことのないような匂いだったから。だからなんの匂いだろうとぼくは不思議に思って、母のいる台所へ行った。なんの匂いか聞いたけれど、母はそれがなんの匂いか分からなかった。だって、背中の治療のせいで匂いの感覚を失っていたから。母はもうまったく何も感じなくなっていたから、当然その匂いも感じなかった。それで、ただぼくにそんな気がしただけのことだから、ベッドに戻るようにと言った。そのあと、ぼくはまた眠った。

それからぼくはまた目が覚めた。だって、朝だったから。ピアノの部屋に行くと、そこにはグナール・カロル博士とダリンカ・グナーロヴァーがいて、それはとても変てこなことだった。だって、かれらがうちに来たことなどなかったから。もっとも、ダリンカ・グナーロヴァーはセンスがあったので、ピアノを習いに母のところに通っていたけれど。

それに、やはり変てこだったのは、朝にお客さんがうちにやって来るなんて、あまりよくある話ではなかった。だって、あまりそんな時間には、お客として出かけたりするものではないから。だって、朝なのだから。

ダリンカ・グナーロヴァーはピアノの椅子に座って、ピアノを見つめていた。でも実際はピアノを見つめているのではなくて、ただなんとなくそうしているのだということが見て取れた。両腕とも肘まで包帯が巻かれていた。

とても変てこだった。

ピアノの上には黒人娘が置かれていて、それは裸の人形だったけれど、ピアス関連の金色の輪っかを耳に付けていた。人形はゴム製だった。

そのとき、グナール・カロル博士がぼくに、悲しい事故が起きたと言った。だって、トンコ・セジーレクが夜中に給水塔から落ちて死んだから。だって、たぶん避雷針伝いにそこに上ろうとして、そのためにまっさかさまに落ちて頭が割れてしまったから。そして頭が割れてしまったせいで死んでしまったから、と。

そのことにぼくはどう答えていいのか分からなかった。だって、分からなかったから。すると父がぼくを台所へ連れて行って、どうしておれに何も話さなかったのか、いまになって何もかも知ることになるなんて、と小声でぼくを叱った。もしこれからぼくが、誰かがこの件を知っていたとか、あるいはダリンカ・グナーロヴァーもそこに行くはずだったとかいうことをよそのひとに話したりしたら、ぼくもイワナもマルギタも母も父もグナール・カロル博士も、そしてほかの誰よりも真っ先にダリンカ・グナーロヴァーが刑務所送りになるぞ、と言った。そうなって欲しいのか、と父は聞いた。そうなって欲しくない、とぼくは答えた。

そして父は、トンコが給水塔に上ろうとしていたことは、誰も知りえなかったのだと言った。それをよく覚えておくようにと、さらにトンコは私生児であり、そのせいでふつうではなかったのだ、と。だから、このことはかれ個人の問題で、こんなふうな結果になったことをぼくたちは喜んでもいいのだ、と。

それで、こんなふうな結果になったことをぼくは喜んだ。

でも、それにしたってとても変てこだった。

それからぼくはパジャマを脱いだ。

グナール・カロル博士は、今日は学校へ行かなくていいと言った。だって、ぼくたちの同級生の件で悲しい騒ぎが続いているから、と。

ぼくはじっとダリンカ・グナーロヴァーの手を見つめていた。だって、両手が包帯で巻かれているのは、どういう意味なのか分からなかったから。

昔、コマールノにひとりの男がいて、同じように両手が包帯で巻かれていた。セクレ・ローベルトという名前だった。セクレ・ローベルトは性的なこと関連でふつうではないひとだった。つまり、性的に行儀がよくなかった。かれはワイセツ系展示家と呼ばれるようなひとだった。

つまり、ワイセツ系展示家というような人びとがいるのだ。

したがって、セクレ・ローベルトはそういうひとだったということだ。その関係でかれはいつも日曜日の朝に若手芸術家の会に通っていたのだが、だけど実際のところはそこへ通っていなくて、クレメント・ゴットワルト公園へ通ってそこでワイセツ系展示関連のことをしていたのだった。

かれの奥さんはセクロヴァー・ユーリアという名前で、セクレ・ローベルトが性的に行儀がよくないことを察していて、若手芸術家の会関連で何をしているのだろうかと、あるときかれのあとをつけた。そして、それを見てしまった。それから家に帰ったけれど、かれには何も言わなかった。でも、次の日曜日、かれが出かけるとかのじょも硫酸を持ってかれのあとから出かけて、かれがちょうどそれをしているときに、硫酸をかれの手とあれに振りかけた。ペニスに。
それ以来、手術を受けるまで、セクレ・ローベルトは両腕を包帯で巻いていた。その後でもまだ巻いていた。だって、手術を受けたから。やがてフロホヴェツ[*1]へ引っ越して、それからは何事も起こらなかった。

奥さんは、硫酸でかれをぼろぼろにした件で刑務所行きになった。かれにはもうあまり手術すべきところすらなかったのだけれど、それでも一応は手術したのだった。

その後みんなは、少なくともこれで行儀のよくないワイセツ系展示家が出没しなくなるだろうと言って、セクロヴァー・ユーリアを賞賛した。

ぼくもそう言って賞賛した。

その一件があったので、どうしてダリンカ・グナーロヴァーの両手が包帯で巻かれているのかと、ぼくはとても腹が立った。すると、グナール・カロル博士が、かのじょをよく見張っているようにと言った。ひょっとして窓から逃げようとするかもしれないから、と。

それはとても変てこな話で、だってぼくたちは四階に住んでいて、窓から出るのは禁じられていたから。

ぼくはダリンカ・グナーロヴァーをじっと見つめて、包帯の件でいったいかのじょに何が起きたのか、とたずねた。窓を割ったの、トンコの後を追って逃げようとしたから、とかのじょは答えた。

それにたいしてどう言うべきなのか、ぼくには分からなかった。

だからもう何も言わずにいた。

それから父とグナール・カロル博士がお酒を飲み始めて、母はオトおじさんのところへ引っ込んでしまった。

ぼくはうちにダリンカ・グナーロヴァーがいるのでうれしかった。話をすることができるから。でもぼくたちは話をしなかった。だって、ダリンカ・グナーロヴァーが何も言わなかったから。

それで、ぼくも何も言わなかった。

それから父とグナール・カロル博士は、スロヴァキア民謡を歌い始めた。だって、スロヴァキア民謡は世界でいちばん美しいから。テレビでもそう言っているし、学校でもそう習った。スロヴァキア民謡が世界でもっとも美しいのは、スロヴァキアの人びとが世界でもっとも美しいからで、みんながそのことでぼくたちを尊敬しているのだ、と。

ぼくもそのことでぼくたちを尊敬している。

それからなんだか変てこなことになった。かれらが歌っていると、ダリンカ・グナーロヴァーがゴム製の黒人娘をひざのあいだに挟んでそれを押した。とても大きなピーという音が出て、ぼくはグナール・カロル博士のじゃまになるのではないかと心配した。博士がぼくのことも怒るのではないかと怖かった。それで、ピアノの部屋に行った。だって、かれらがもう友だちになって、父が共産党を馬鹿にしなくなり、何もかもがうまくおさまって、うれしかったから。

＊1　西スロヴァキアの町。

ピアノの部屋に行くと、グナール・カロル博士がぼくの肩を叩いて、きみはいい少年だと言った。世界でいちばんいい少年だ、と。ぼくは肩を叩いてもらったのがとてもうれしかった。博士はいっしょに歌おうと言った。

ぼくは歌うのにあまり慣れていない。だって、歌は歌わないから。だって、歌は知らないから。ぼくが知っているのは、クリスマスソングを少しと、オママが教えてくれた、アウグスティーンという名前のひとについて「ハエが壁にとまっている」という歌と同じ節のやつだけ。それは以下の通り。

オー、ドゥリーベル、アウグスティーン、アウグスティーン、アウグスティーン
オー、ドゥリーベル、アウグスティーン
アレスィス、ヒン

ぼくは歌えないと言ったけれど、グナール・カロル博士はただ一緒に歌えばいいと言ってくれたので、一緒に歌った。かれらはずっと同じあるユーモラスな歌を歌っていて、その歌にダリンカ・グナーロヴァーが、黒人娘を使ってピーピーと音を入れていた。

それは、神父さまとしてしまったカタという女についての、とてもユーモラスな歌だった。それはとてもユーモラスだった。だからぼくもそれを覚えた。だって、とてもユーモラスだったから。

こんなふうに始まる。

カタ、カタ、カトゥシャ／あんたは男が欲しかった／それで朝から横になり／
補祭さんと三回も／カタ、カタ、カトゥシャ

あとはずっと同じ繰り返しだけれど、ただカタは次には司祭さまと、次には司教さまと、ついには教皇さまとするのだった。いつも最後の節で、「カタ、カタ、カトゥシャ」とぼくたちは繰り返した。

やがて父が突然こう歌った。


それで朝から横になり／グナール・カロちゃんとも／カタ、カタ、カトゥシャ

ぼくはグナール・カロル博士がむっとするだろうと、とてもびっくりしたけれど、かれはむっとしなかった。だって、かれは大変いい性質の持ち主だし、父とは「俺おまえ」で話す間柄になったと言っていたから。

父と「俺おまえ」で話す間柄になり、もうすっかりいい友人同士になったのだ。だって、何もかもうまく収まったから。

ぼくらは歌い、かれらはお酒を飲んで、グナール・カロル博士はイワナがブラチスラヴァのピアノの学校に入れるように力を貸すと言って、さらに、もしマルギタが望むならば、民族委員会で子供を孤児院に送る仕事関連で働けるようにしてあげるとも言った。

このことで、ぼくたちはみんな喜んだ。

ダリンカ・グナーロヴァーだけは喜んでいなかった。カタについての例のユーモラスな歌をぼくたちが歌っていると、黒人娘をピーピーさせてずっとじゃましていたから。

グナール・カロル博士は、かのじょのことを気にしないようにと言った。

だからぼくたちはかのじょを気にしなかった。

晩になってかれらは帰り、グナールはボリシェビキだけれど牛みたいに飲むことが出来るやつだ、と父は言った。

そのことで、かれをとても尊敬した。

ぼくもそのことで、かれをとても尊敬した。

ただひとつだけ理解できないのは、どうしてその後ダリンカ・グナーロヴァーが、もうぼくと友だち付き合いをしたがらなかったのか、ということだ。ぼくらは家族ぐるみで仲良くなったし、何もかもうまく収まったというのに。

ただひとつだけうまく収まらなかったことがあって、オトおじさんがどうしてかこの件をかぎつけて、共産党にグナール・カロル博士を訪ねて行って、トンコの死についてはあんたに罪がある、人間ならばトンコを助けるべきだった、と言ったことだ。

グナール・カロル博士はとてもいいひとで、オトおじさんのことで少しもむっとしたりしなかった。だって、肩から入って足から出ていった稲妻のせいで、おじさんの神経がおかしいことを知っていたからで、ただ守衛を呼んでおじさんを放り出しただけだった。

オトおじさんがグナール・カロル博士に何を言ったのかをオタタが知ったとき、ひどく腹を立てて、四つのクッションの上に横たわり、飲むのではなくて舌の下に置くだけの錠剤を服用しなければならなかった。そして、電灯のほうを指し示して、これでおしまいだ、上の人たちがこのまま放っておかないと言った。

それ以後オタタは、あの大理石のテーブルがあるせいで貯蔵庫になっている奥の部屋に鍵をつけて、オトおじさんを閉じ込めてしまい、あいつのグリビ[*1]みたいに愚かなやつだとおじさんを罵った。

つまりオタタが意味していたのは、オトおじさんはキノコみたいに愚かだということだ。オトおじさんをそんな言い方で馬鹿にしていたのだ。だって、オトおじさんはキノコの名前を全部ロシア語で言っていたので。バラハシカ村で意識不明に陥ったとき、キノコのことを教えてくれたのがロシア人だったから、オトおじさんはそれを全部ロシア語で覚えたのだ。

ただし、ロシアではhが存在していなくて、その代わりになるのがgだ。[*2]

オタタがオトおじさんにとても腹を立てると、いつもグリビみたいに愚かだと言った。あいつにあの血が現れたのだ、と。つまりそれが意味していたのは、オトおじさんにあの血が現れたということで、それはチョンカ・エステルという名前の半分ハンガリー人、ひょっとしてさらにもっとひどいものであったかもしれないオママのおばあさんから、オママが受け継いだ血のことだった。

＊1　ロシア語でキノコのこと。
＊2　ロシア語のグリビ＝キノコはスロヴァキア語ではフリビ。

そんなわけで、当時、オタタはかれが愚かなグリビだと言ったのだ。

昔、コマールノにひとりの男がいて、ホリラ・ズデンコという名前で、映画館長をしていた。あるときかれは、友好の集いでソビエト連邦に出向いた。だって、当時はソビエト連邦があったから。だからそのことは問題なかった。かれらは友好の集いでいろいろなソビエトのお酒を飲んだ。そしてロシアにはhが存在していないので、かれはホリラではなくてゴリラと呼ばれた。かれにはそれがとてもお気に召さなかった。で、ソビエトのお酒をもうすべて飲み干したあと、こう言った。

「もしおれがあんたたちにとってゴリラなら、おれたちにとってガガーリンはハハーリンだ」

ソビエトのみんながこれにはむっとしてしまった。だって、世界で最初の宇宙飛行士をこけにしたのだから。ホリラは戻って来ると、このむっとさせてしまった一件で問題にされた。そして、もうその後は映画館長ではなくなった。

あとでみんなは、お偉いさんだってソビエト連邦では言葉に気をつけなければいけないのだ、いい気味だ、と話した。

ぼくもそう言った。

だって、世界で最初のソビエト連邦の宇宙飛行士をこけにしたりすべきではなかったのだから。

こけにすべきではないほかにもいろいろ。

そのホリラ・ズデンコには娘がいて、かのじょはホリロヴァー・ズデンカという名前だった。かのじょは、老いぼれグスト・ルーへにさわらせてあげた、コマールノでほぼ唯一の女性だった。だって、とても不幸せで、とても落胆していたから。

かのじょは体育関連のある教師に捨てられたせいで不幸せだった。そして、捨てられないようにどうにかできないものか、老いぼれグスト・ルーへから聞き出したかったのだ。だからさわらせたのだけれど、老いぼれグスト・ルーへはアスファルトにこう書いた。

サンダル・マンダル、チャムタイ、ツォク。


でも、それが何を意味するのか誰にも分からなかった。おさわりができるように、老いぼれグスト・ルーへはただの思いつきを口にするだけだとみんな知っていたから、「サンダル・マンダル、チャムタイ、ツォク」が何かを意味しているなんて、誰も信じていなかった。

ぼくも信じていなかった。

ホリロヴァー・ズデンカだけが何かを意味していると信じていて、ずっとそれが何を意味しているかを解明しようとして、ついにはそのおかげで、体育関連の教師のせいで不幸せであることさえ忘れてしまった。それで、体育関連の教師ではなくて、芸術性の高い椅子やそのほかの家具関連の指物師をしている、まったく別の男と結婚した。

あとでみんなは、「サンダル・マンダル、チャムタイ、ツォク」はなんの意味もないけれども、最後には何もかもうまく収まったと話した。

ぼくもそう話した。

ただそれにしてもひとつだけ知っておくべきなのは、「サンダル・マンダル、チャムタイ、ツォク」がなんて見事なでたらめだろうということだ。だって、老いぼれグスト・ルーへはただ思いつきを口にするだけなのに、人びとはそれと知らずに信じ込んでしまうのだから。

信じ込んでしまうだけでなく、ほかにもいろいろ。

ぼくにもあの『墓地の書』に関する占いを告げた。で、ぼくはとても用心深いし、ひとは何が起こるものやら決して分かったものではない。つまり、もし『墓地の書』を書かなかったら、エリク・ラクにしたように、ぼくに呪いをかけることだってあるかもしれない。

この箇所を書き終えたら、どのようにエリク・ラクに呪いをかけたのかを書くことにする。だって、また忘れていたから。ぼくはときどき忘れる。だって、気を遣うことがない人たちと違い、ぼくには気を遣わなければならないことだってあるので。ちなみに、ぼくにはたくさん気を遣うことがある。バックミラーのせいで作家をしているいまだけは、ダンボール関連で働き者であるときほど多くの気苦労はない。

だって、ダンボール関連でぼくはとても働き者だから。

たとえばアルフ・ネーヴェーリはまるきり働き者ではなかった。だから気遣いごともまるでなかった。ただ昼のあいだじゅう寝ていて、夜には明かりを灯してオトおじさんの「安全な町」をずっと眺めて、ときどきぼくにカルロヴィ・ヴァリ製のゴーフレットをすすめた。

ただひとつだけ理解できないのは、どうしてひとが働き者でいられずにいられるのだろうということだ。ぼくだったらいられない。だって、ぼくはとても働き者だから。

みんなはたまに、ぼくがもうそんなに働かないようにと言う。でも、ぼくはいつもそれにたいして、ぼくはとても働き者だから働いている、と答える。だって、もしぼくが怠け者だったら働かないだろう。それは当たり前のことだ。そうだろう?

　そうだとも。

　学校を出て以来、ぼくはとても働き者だ。学校に通うのはやめた。だって、もう卒業したので。まだ学校に通う、と言った人たちもいた。つまり、まだ学校に通いたかったのだ。ぼくはもう学校に通いたくないと言った。ぼくは働き者になりたかったから。

　たとえばダリンカ・グナーロヴァーはさらに学校へ行ったけれど、短い期間だけだった。だって、十六歳のとき、働かずに長い髪をしていた意地悪なマニツァと結婚してしまったから。

　グナール・カロル博士はそのおかげでかなり不幸せだったけれど、それだけではまだ足りなかった。だって、ダリンカ・グナーロヴァーは妊娠していると告げたから。当時はそんな場合には結婚しなければならないものだった。それで結婚したのだが、あとになってから妊娠はウソだと分かった。でもすでに、いつもぼくに叫ぶ意地悪なマニツァに嫁いでしまっていた。次のように——。

「サムコ・ターレ、ウンコターレ」

　叫ぶのは、そのほかにもいろいろ。

　それからかのじょは離婚して、アメリカへ亡命した。それはグナール・カロル博士にとってきわめてまずいことだった。だって、ダリンカ・グナーロヴァーがそこへ亡命したということは、社会学博士でありながらグナール・カロルはアメリカが好きなのだ、と誰もが考える可能性があったから。

　グナール・カロル博士は当時かなり不幸せで、あるときかれに何かを告げようとまた出向いたとき、ぼくに話したいことがあると言って、こう言った。

「ぼくのせいだ」

かれが考えていたのは、ぼくのせいだということではなくて、つまりかれのせいだということだ。だって、ダリンカ・グナーロヴァーが自分のせいで亡命したと、かれ自身のことについて語っていたのだから。

だって、ぼくのせいで亡命したのではないことはあたりまえの話で、ぼくたちはただの同級生で、かのじょが結婚したのはあの意地悪なマニツァであって、ぼくではなかったのだから。僕と結婚することなどできる相談ではなくて、だって、ぼくは生涯だれとも結婚したことはないし、結婚なんていうそんな馬鹿げたことに使う時間はないのだから。ぼくは働き者のせいでたくさんの義務を負っているのだから。

そもそもダリンカ・グナーロヴァーとぼくのあいだには、何かの関係があったことなど一度もない。だって、かのじょは学級委員長でぼくは違ったから。つまり、ぼくは委員長ではなかったので。

一度だけ、かのじょが吐いていたときにハンカチを貸してあげた。校庭に生えていたエンドウ豆を、禁じられていたにもかかわらず食べてしまったから。かのじょは校庭で吐いて、みんなはかのじょから飛びすさった。

ぼくは飛びすさらなかった。

そしてかのじょにハンカチを渡した。だって、かのじょは持っていなくて、ぼくは持っていたから。ぼくはいつでも持っているので。その後、ハンカチはずっと返してもらっていないけれど、そのことをかのじょには言っていない。ぼくには必要ではないし、ハンカチがほしければ二百枚だって買えるほど、いまのぼくは金持ちだから。でも、ぼくは欲しいとは思わない。だって、二百枚のハンカチなんてあったところで、いったいどうなるというのだろう。そうだろう?

そうだとも。

そういうわけだから、かのじょが亡命したのはぼくのせいではなくてかれのせいだ、というのは当たり前の話だ。でもそれはどうでもいいことで、たとえグナール・カロル博士が自分のせいだと思ったところで、あんなにいいひとで、いつもみんなを助けていたのになぜそんなことを考えるのか、ぼくには決して、一瞬たりとも理解できない。

グナール・カロル博士はとてもいい性質をたくさん持っていた。

たとえば、神父たちといろいろ性的なことをしたカタについて、あのユーモラスな歌を教えてくれた。あるとき、ぼくはアルフ・ネーヴェーリにもこの歌を歌ってあげた。だって、そろそろ何かユーモラスなことだって理解できるように、かれも覚えたがるだろうと思ったから。でもかれは覚えたがらず、ぼくがどこからそんな歌を知ったのかを知りたがった。だからぼくは、すべてがうまく収まったときに、グナール・カロル博士が教えてくれたのだと言った。

かれは笑うだろうと思ったのに、特にかのじょが教皇さまとするると歌うところなど、かなりユーモラスなのにもかかわらず、かれはニコリともしなかった。

アルフ・ネーヴェーリはニコリともせず、カルロヴィ・ヴァリ製のゴーフレットもご馳走してくれず、ただオトおじさんの「安全な町」の絵を見つめていた。かれが死んでいるのを見つけたのは、その翌日だった。

かれがどうして死んだのか、ぼくには分からない。誰も何も教えてくれなかったし、正直しょうめい、どうしてかれが死んでしまったのか知りようがない。だって、コマールノだけでなく、この世の誰ひとりとして、それは分からなかったので。

ときどき、かれはいつもあまりに真面目すぎて、ちっともユーモラスではなかったおかげで死んでしまったのではないか、と考える。だって、ひとはユーモラスであることがとても大切だから。それと、規則的で健康的な生活を送り、たくさんからだを動かし、たくさんケフィアを飲むことも大切だ。

だって、ケフィアはとても健康にいいから。

健康にいいだけでなく、ほかにもいろいろ。

I.N R.I.
I.N R.I.

訳者あとがき――作家サムコ・ターレとダニエラ・カピターニョヴァー

一九九〇年代のスロヴァキア文学は、社会主義時代に非公式化された作家と作品の復帰という一時的に活況をいざなう出来事はあったものの、総体的に低迷していた。まず、体制転換後の財政難が出版界を深く浸食した事情がある。手っ取り早く稼げる本を最優先する、という経営方針への舵切りは欧米の安手な翻訳物ばかりを氾濫させた。さらに、市民生活のあまりにも速く激しい変化に旧来の書き手の想像力が追いつけない、言わば「事実は小説より奇なり」の状況もあった。そんななか、新しい才能に場を提供し、スロヴァキア語のオリジナルな文学を維持しようと、地方で個人出版社を立ち上げた編集者がいた。本書のなかで「みんなにいろんな本を書くよう勧めている人物」として登場する、コロマン・ケルテーシュ・バガラがその人である。当初は単騎で勝ち目の薄い闘いに挑んでいるように見えたが、その後、二十一世紀初頭にかけてスロヴァキア文学の先頭に立つ作家の多くが、この小出版社 L. C. A.（Literature and Culture Agency）から作品を出して行くことになる。なかでもとりわけ大きな評判を呼んだのが、二〇〇〇年に出たサムコ・ターレ作の本書『墓地の書』であった。

本書は現代文学として珍しいベストセラーとなったばかりでなく、他言語へも相次いで翻訳が進められた。これまでにチェコ語、ポーランド語、ドイツ語、フランス語、ロシア語、スエーデン語、アラビア語、ベンガル語、そして英語に訳されている。おそらく東欧地域全体でみても、体制転換以降に書かれた小説で、これほど広く海外に紹介された作品はないのではないだろうか。

知的障害を持ち、ダンボール回収の仕事をしているサムコ・ターレは「雨の日は作家になるのがいちばん」と考え、とある雨の日に『墓地の書』を書き始める。一九八九年の社会主義体制崩壊や、チェコスロヴァキア解体にともなう一九九三年のスロヴァキア共和国成立を経た、九〇年代半ばが物語の「現在」に設定されている。その「現在」に、彼の家族、そしてドナウ河畔の国境の町コマールノの人びとをめぐる、過去の旧体制時代のさまざまなエピソードが織り込まれていく。

初版の最終ページ（四版からは表紙カバーのそで）には作者の履歴書なるものが付されているので、少々長いが引用させてもらおう。


履歴書を書いてみた。だって、書くように言われたから。だって、作家なら誰でも履歴書を持つのは義務だから。それはふつうのひとには必要ない。だって、それは作家にとってだけ義務なのだし、ぼくは作家関連でいまやたいへん深く作家をしているので。みんながぼくをほめるし、尊敬している。ぼくも自分をほめるし、尊敬している。

だって、ぼくは作家なのだから。

〈ぼくの履歴書〉

労働者の家庭に生まれた。父は教師だった。母は教師ではなかったけれど、やはり教えていた。ほかには誰も家族のなかで教師はいなかった。だから、ぼくたちは労働者の家庭だった。

姉妹がふたりいる。ひとりはピアノ関連の芸術家というふうなひと。もうひとりは芸術家ではなく、ただのふつうの姉妹。

ぼくは姉妹ではない。だって弟だから。ぼくはたくさんのいい性質を持っている。ぼくはコマールノに生まれた。コマールノはひとつの町だ。そこでぼくは生まれた。

生まれは十一・十二。これが意味しているのは十一月十二日ということ。十一月はいつだって一年でいちばんきれいな月だ。だって、それはいつだってチェコスロヴァキア・ソ連友好月間だったから。それはみんながソビエト連邦のことを思う月だった。

ぼくもソビエト連邦のことを思った。

ソビエト連邦はもうまったく存在していなくて、それはたいへん重要なことだ。だって、そうなると、もうチェコスロヴァキア・ソ連友好月間も存在しないということだから。だって、ソビエト連邦が存在しないのに、チェコスロヴァキア・ソ連友好月間が存在したらとても変てこだから。だって、もしまだチェコスロヴァキア・ソ連友好月間が存在したら、チェコスロヴァキア・ソ連友好月間があって、それなのにソビエト連邦が存在しないことが問題にされてしまうだろうから。チェコスロヴァキアも廃止された。だって、この世の誰ひとりそれを望まなかったから。だって、それはぼくたちをとても迫害したから。

ぼくのこともとても迫害したから。

一ページだけ履歴書を書くように言われた。一ページはもうおしまい。ページのおしまい関連のせいで、ぼくもおしまい。

さようなら。

サムコ・ターレ　作家
コマールノ

もちろん、サムコ・ターレとはテクスト内に回収される「作家」であって、外側にもうひとりの作家が潜んでいる。初版の奥付には、発行者名と並び、見落とすほどの小さな文字でダニエラ・カピターニョヴァーという名が、ドラマツルギー担当として記されている。コマールノの劇場で実際にドラマツルギーの仕事に携わるこの女性こそが、「サムコ・ターレ」を演出し、彼の黒子をつとめていた人物である。

カピターニョヴァー（一九五六生まれ）はコマールノに生まれ育ち、プラハの国立音楽大学演劇学部で演出を学んだ後、地元に戻って劇場で働いていた。九〇年代の地方劇場は深刻な財政危機に直面し、さらにコマールノという町自体も、住民の六〇％以上をハンガリー系が占めることから、国内で高まるナショナリズムの標的にされていた。カピターニョヴァーは、そんなざわついた環境のなかで書き継いだ原稿を前述の編集者に送り、サムコ・ターレなる架空の人物名で遅咲きの作家デヴューを果たしたのだった。その後は実名で、長編『そのことは家庭内にとどめて』（二〇〇五）、連作短編集『スロプナー村の殺人』（二〇〇八）を発表している。前者は、世界中の放送界でブームを呼んだリアリティー・ショー（視聴者参加番組）を背景に、とある殺人事件の顛末を描く。後者では、古今東西の探偵小説やドラマのパロディを試みている。どちらも犯罪を取り扱いながら、ユーモアとシニズムが乾いた明るさを作品に付与している。

カピターニョヴァーの文体においてもっとも重要な要素が、笑いの創出にあることは誰の目にも明らかだろう。『墓地の書』では特に地口、語呂合わせの類いが多用されている。今は首都ブラチスラヴァのラジオ局でドラマ製作にかかわっている作者を職場に訪ねたおり、翻訳の難しさについて弱音を漏らしたところ、スロヴァキア語の意味の説明よりも、日本語で笑いを誘う表現を工夫して欲しいと言われた。ほかの言語の翻訳者にも同様に伝えたとのことだった。一例を挙げれば、みんなが主人公を囃し立てる言葉を「サムコ・ターレ、ウンコターレ」と訳したが、原語では「サムコ・ターレ、スムルジー・スターレ（臭いぞいつも）」である（英訳では「エヴリボディ・スィンクス（みんなは思う）、サムコ・スティンクス（サムコは臭う）」という具合に韻を踏んでいる）。ちなみに、ターレという名字は聞き慣れないものであるため、訳者はそれが英語の tale（物語）に由来するのではないかと想像した。さらに、サムコの sam にはスロヴァキア語で「自分自身」や「ひとりで」の意味があることから、サムコ・ターレの名は「一人語り」を暗示しているのではないかとカピターニョヴァーに問いかけてみた。彼女ははにかんだような笑みを浮かべ、「そのことに気づいたのは、わたしも後になってからなの。まずはただの音の面白さだったのよ」と答えた。意味にとらわれて愚問を発したこちらが逆に恥じ入らされた。翻訳を通じて、言葉の音そのものが運ぶユーモアをどれだけ伝えられたかは分からない。原義の説明になってしまった箇所もある。訳者の非力に対しては、読者と作者のご寛恕を乞うのみである。

　ほかに、笑いの技法として、発言の論理的不整合や竜頭蛇尾な描写などさまざまな言語的仕掛けが施されている。そして、笑いはいつも「作者」のサムコ・ターレ本人に帰ってくる。差別的表現（特にロマ人＝ジプシーやハンガリー人、ユダヤ人などに対する）も頻出するが、それもまたサムコ・ターレに跳ね返る苦い笑いであろう。

　読者の混乱を招かないように、登場人物の表記についても触れておきたい。スロヴァキア語で、一般に人名は最初に名前、次いで名字の順に表されるが、かしこまった公式の場（たとえば役所の執務室の戸口に掲げられた名札）では名字が先に置かれるのが慣例である。本書に登場するほとんどの人物は名字が先に記述され、サムコ・ターレにとってごく近しい者のみ、名前が先になっている。そのため、共産党書記のグナール・カロル博士とその娘のダリンカ・グナーロヴァーのように、親子でありながら一方は名字が、他方は名前が先に書かれることになる。表記の統一も考えたが、これもカピターニョヴァーによる「サムコ・ターレ」の重要な演出手法のひとつと思われるのでそのままにした。

一地方社会の庶民のドタバタ劇が、なぜ多くの読者を魅了し、いくつもの外国語に訳されたのか。また、サムコ・ターレが何度も自問しているように、どうして『墓地の書』なのか。拙い翻訳を通してでも日本の読者諸氏の共感を得られる何かが伝われば、訳者にとってこのうえない喜びである。

末筆ながら、草稿に丁寧に目を通してくださり、訳語に関して数多くご教示をいただいたスロヴァキア研究の先学、早稲田大学の長與進氏と、英語版を熟読したうえで、常に的確な助言をお寄せいただいた松籟社編集部の木村浩之氏のお二人に心から感謝申しあげます。

二〇一一年十一月

訳　者

［訳者］

木村　英明　（きむら・ひであき）

1958年生まれ。東京外国語大学ロシア語科卒業。早稲田大学文学研究科博士課程を経て、ブラチスラヴァのコメンスキー大学哲学部に留学。

現在、早稲田大学などで教鞭をとるほか、世界史研究所研究員。

著書に『チェコとスロヴァキアを知るための56章』（共著、明石書店）、『21世紀のロシア語』（共著、大学書林）など。

訳書に『21世紀東欧SF・ファンタスチカ傑作集　時間はだれも待ってくれない』（共訳、東京創元社）、『ポケットのなかの東欧文学——ルネッサンスから現代まで』（共訳、成文社）、L. ダウナー『マダム貞奴——世界に舞った芸者』（共訳、集英社）、N. J. ウィルソン『歴史学の未来へ』（共訳、法政大学出版局）など。

〈東欧の想像力〉8

墓地の書

2012年4月13日　初版発行　　定価はカバーに表示しています

著　者　サムコ・ターレ
訳　者　木村　英明
発行者　相坂　一

発行所　松籟社（しょうらいしゃ）
〒612-0801　京都市伏見区深草正覚町1-34
電話　075-531-2878　　振替　01040-3-13030
url　http://shoraisha.com/

ドラマツルギー担当　ダニエラ・カピターニョヴァー

印刷・製本　モリモト印刷株式会社
装丁　西田　優子

Printed in Japan

© 2012　ISBN978-4-87984-303-6　C0397